人文阅读与收藏·良友文学丛书

舒乙题

原丛书主编：赵家璧

特邀顾问：舒　乙　赵修慧　赵修义　赵修礼　于润琦

出 品 人：马连弟
监　　制：李晓铮
执　　行：张娟平
统　　筹：吴　晞　姚　兰
装帧设计：赵泽阳

特别鸣谢（按姓氏笔画排列）：
韦　韬　叶永和　李小林　沈龙朱　陈小滢　杨子耘
张　章　周　雯　周吉仲　舒　乙　蒋祖林　施　莲
姚　昕　俞昌实　钟　蕻　郑延顺　赵修慧
以及在版权联系过程中尚未联系到的作者或家属

特别鸣谢：
上海鲁迅纪念馆
北京鲁迅博物馆
北京大学中国语言文学系
复旦大学中国语言文学系
中国作家协会权益保障委员会

人文阅读与收藏·良友文学丛书

竖琴

鲁 迅 编译

中国国际广播出版社

良友版《竖琴》精装本封面

良友版《竖琴》精装本护封

良友版《竖琴》编号页

良友版《竖琴》扉页

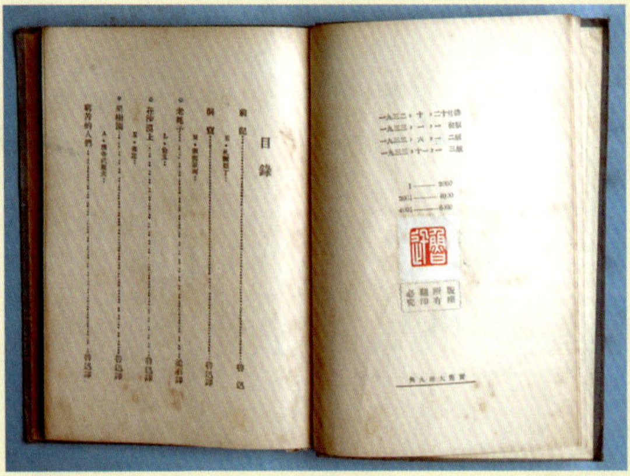

良友版《竖琴》版权页和目录页

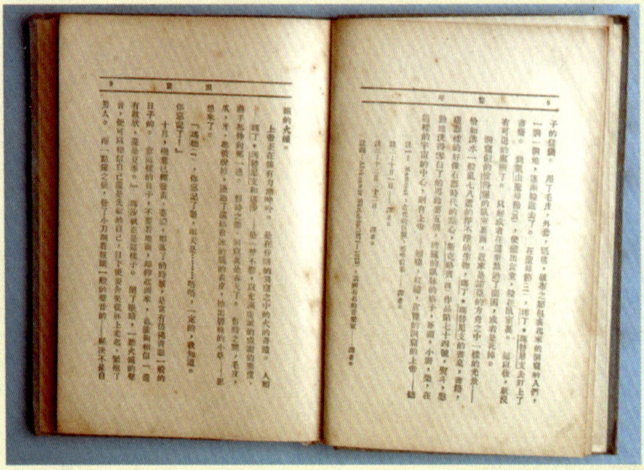

良友版《竖琴》内文

《良友文学丛书》新版出版说明

二十世纪三四十年代，著名编辑赵家璧在上海良友图书公司老板伍联德的支持下，历经十余年，陆续出版《良友文学丛书》，计四十余种。其中三十九种在上海出版，各书循序编号，后出几种则无。该套丛书以收入当时左翼及进步作家的作品为主，也选入其他各派作家作品。其中小说居多，兼及散文和文艺论著；第一号是鲁迅的译作《竖琴》。丛书一律软布面精装（亦有平装普及本），外加彩印封套，书页选用米色道林纸，售价均为大洋九角。

《良友文学丛书》选目精良，在现在看来，皆为名家名作；布面精装的装帧更是被许多爱书人誉为“有型有款”。不可否认，在装帧设计日益进步的当下，这套出版于二十世纪三四十年代的丛书外形已难称书中翘楚，但因岁月洗汰，人为毁弃，这套曾在出版史上一度“金碧辉煌”过的丛书首版已然成为新文学极其珍贵的稀见“善本”。

在《良友文学丛书》首版八十周年之际，为满足现代普通读者和图书馆对该丛书阅读与收藏的需求，我们依据《良友文学丛书》旧版进行再版（四种特大本不在其列）。本着尊重旧版原貌的原则，仅对旧版中失校之处予以订正。新版《良友文学丛书》采用简体横排的形式，以旧版书影做插图，装帧力求保持旧版风格，又满足当下读者的审美趣味。希望这一出版活动对缅怀中国出版前辈们的历史功绩和传承中国文化有所裨益，也希望广大读者多提宝贵意见和建议，以便我们把日后的工作做得更好。

《良友文学丛书》新版校订说明

一、本丛书收录原良友图书公司编辑赵家璧主编《良友文学丛书》共四十六种（四种特大本不在其列），乃为目前发现且确系良友版之全部。

二、此番印行各书，均选择《良友文学丛书》旧版作为底本，编辑内容等一律保持原貌，未予改窜删削。

三、所做校订工作，限于以下各项：

（1）将繁体字改为简体字；

（2）原作注释完全保留；

（3）尽量搜求多种印本等资料进行校勘，并对显系排印失校者在编辑中酌予订正；

（4）前后字词用法不一致处，一般不做统一纠正；

（5）给正文中提到的书籍和文章及其他作品标上书名号，原作书名写法不规范、不便添加符号者，容有空缺；

（6）书名号以外其他标点符号用法，多依从作者习惯，除个别明显排印有误者外均未予改动。

目　次

前　记

俄国的文学，从尼古拉斯二世时候以来，就是“为人生”的，无论它的主意是在探究，或在解决，或者堕入神秘，沦于颓唐，而其主流还是一个：为人生。

这一种思想，在大约二十年前即与中国一部分的文艺绍介者合流，陀思妥夫斯基，都介涅夫，契诃夫，托尔斯泰之名，渐渐出现于文字上，并且陆续翻译了他们的一些作品。那时组织的介绍被压迫民族文学的是上海的文学研究会，也将他们算作为被压迫者而呼号的作家的。

凡这些，离无产文学本来还很远，所以凡所绍介的作品，自然大抵是叫唤，呻吟，困穷，酸辛，至多，也不过是一点挣扎。

但已经使又一部分人很不高兴了，就招来了两标军马的围剿。创造社竖起了“为艺术的艺术”的大旗，喊着“自我表现”的口号，要用波斯诗人的酒杯，“黄书”文士的手杖，将这些“庸俗”打平。还有一标那是受过了英国的小说在供绅士淑女的欣赏，美国的小说家在迎合读者的心思这些“文艺理论”的洗礼而回来的，一听到下层社会的叫唤和呻吟，就使他们眉头百结，扬起了带着白手套的纤手，挥斥道：这些下流都从“艺术之宫”里滚出去！

而且中国原来还有着一标布满全国的，旧式的军马，这就是以小说为“闲书”的人们。小说，是供“看官”们茶余酒后的消遣之用的，所以要优雅，超逸，万不可使阅者不欢，打断他消闲的雅兴。此说虽古，但却与英美时行的小说论合流，于是这三标新旧的大军，就不约而同的来痛剿了“为人生的文学”——俄国文学。

然而还是有着不少共鸣的人们，所以它在中国仍然是宛转曲折的生长着。

但它在本土，却突然凋零下去了，在这以前，原有许多作者企望着转变的，而十月革命的到来，却给了他们一个意外的莫大的打击。于是有梅垒什珂夫斯基夫妇，库普林，蒲宁，安特来夫之流的逃亡，阿尔志跋绥夫和梭罗古勃之流的沈默，旧作家的还在活动者，只剩了勃留梭夫，惠垒赛耶夫，戈理基，玛亚珂夫斯基这几个人，到后来，还回来了一个亚历舍·托尔斯泰。此外也没有什么显着的新起的人物，在国内战争和列强封锁中的文苑，是只见萎谢和荒凉了。

至一九二〇年顷，新经济政策实行了，造纸，印刷，出版等项事业的勃兴，也帮助了文艺的复活，这时的最重要的枢纽，是一个文学团体“绥拉比翁的兄弟们”。

这一派的出现，表面上是始于二一年二月一日在列宁格勒“艺术府”里的第一回集会的，加盟者大抵是年青的文人，那立场是在一切立场的否定。淑雪兼珂说：“从党人的观点看起来，我是没有宗旨的人物。这不很好么？自己说起自己来，则我既不是共产主义者，也不是社会革命党员，也不是帝制主义者。我只是一个俄国人，而且对于政治，是没有操持的。大概和我最相近的，是布尔塞维克，和他们一同布尔塞维克化，我是赞成的。……但我爱农民的俄国。”这就很明白的说出了他们的立场。

但在那时，这一个文学团体的出现，却确是一种惊异，不久就几乎席卷了全国的文坛。在苏联中，这样的非苏维埃的文学的勃兴，是很足以令人奇怪的。然而理由很简单：当时的革命者，忙于实行，惟有这些青年文人发表了较为优秀的作品者其一；他们虽非革命者，而身历了铁和火的试练，所以凡所描写的恐怖和战栗，兴奋和感激，易得读者的共鸣者其二；其三，则当时指挥文学界的瓦浪斯基，是很给他们支持的。托罗茨基也是其一，称之为“同路人”。“同路人”者，谓因革命中所含有的英雄主义而接受革命，一同前行，但并无彻底为革命而斗争，虽死不惜的信念，仅是一时同道的伴侣罢了。这名称，由那时一直使用到现在。

然而，单说是“爱文学”而没有明确的观念形态的徽帜的“绥拉比翁的兄弟们”，也终于逐渐失掉了作为团体的存在的意义，始于涣散，继以消亡，后来就和别的“同路人”们一样，各各由他个人的才力，受着文学上的评价了。

在四五年以前，中国又曾盛大的绍介了苏联文学，然而就是这“同路人”的作品居多。这也是无足异的。一者，此种文学的兴起较为在先，颇为西欧及日本所赏赞和介绍，给中国也得了不少转译的机缘；二者，恐怕也还是这种没有立场的立场，反而易得介绍者的赏识之故了，虽然他自以为是“革命文学者”。

我向来是想介绍东欧文学的一个人，也曾译过几篇“同路人”作品，现在就合了十个人的短篇为一集，其中的三篇，是别人的翻译，我相信为很可靠的。可惜的是限于篇幅，不能将有名的作家全都收罗在内，使这本书较为完善，但我相信曹靖华君的《烟袋》和《四十一》，是可以补这缺陷的。

至于各个作者的略传，和各篇作品的翻译或重译的来源，都写在卷末的“后记”里，读者倘有兴致，自去翻检就是了。

一九三二年九月九日，鲁迅记于上海。

洞　窟

E・札弥亚丁　作

冰河，猛犸[1]，旷野。不知什么地方好像人家的夜的岩石，岩石上有着洞穴。可不知道是谁，在夜的岩石之间的小路上，吹着角笛，用鼻子嗅出路来，一面喷起着白白的粉雪——也许，是灰色的拖着长鼻子的猛犸，也许，乃是风。不，也许，风就是最像猛犸的猛犸的冻了的呻吟声。只有一件事分明知道——是冬天。总得咬紧牙关，不要格格地响。总得用石斧来砍柴。总得每夜搬了自己的篝火，一洞一洞的渐渐的深下去。总得多盖些长毛的兽皮……

在一世纪前，是彼得堡街道的岩石之间，夜夜徘徊着灰色的拖着长鼻子的猛犸。用了毛皮，外套，毡毯，破布之类包裹起来的洞窟的人们，一洞一洞地，逐渐躲

① Mammat，古代的巨兽，形略似象——译者。

进去了。在圣母节①，玛丁·玛替尼支去钉上了书斋。到凯山圣母节②，便搬出食堂，躲在卧室里。这以后，就没有可退的处所了。只好或者在这里熬过了围困，或者是死掉。

洞窟似的彼得堡的卧室里面，近来是诺亚的方舟之中一样的光景——恰如洪水一般乱七八遭的净不净的生物，玛丁·玛替尼支的书桌，书籍，磁器样的好像石器时代的点心，斯克略宾③作品第七十四号，熨斗，殷勤地洗得雪白了的马铃薯五个，镀镍的卧床的格子，斧头，小厨，柴，在这样的宇宙的中心，则有上帝——短腿，红锈，贪饕的洞窟的上帝——铸铁的火炉。

上帝正在强有力地呻吟。是在昏暗的洞窟之中的火的奇迹。人类——玛丁·玛替尼支和玛沙——是一声不响，以充满虔诚的感谢的态度，将手都伸向那一边。暂时之间，洞窟里是春天了。暂时之间，毛皮，爪，牙，都被脱掉，通过了满结着冰的脑的表皮，抽出碧绿的小草——思想来了。

"玛德④，你忘记了罢，明天是……唔唔，一定的，

① 十月一日——译者。

② 十二月二十二日——译者。

③ Aleksandr Skriabin（1871—1915），俄国有名的音乐家——译者。

④ 玛丁的亲爱称呼——译者。

我知道。你忘记了!”

十月，树叶已经发黄，萎靡，凋落了的时候，是常有仿佛青眼一般的日子的。当这样的日子，不要看地面，却仰起头来，也能够相信“还有欢欣，还是夏季。”玛沙就正是这样子。闭了眼睛，一听火炉的声音，便可以相信自己还是先前的自己，目下便要含笑从床上走起，紧抱了男人。而一点钟之前，发了小刀刮着玻璃一般的声音的——那决不是自己的声音，决不是自己……

“唉唉，玛德，玛德！怎么统统……你先前是不会忘记什么的。廿九这天，是玛理亚的命名日呵……”

铁铸的上帝还在呻吟着。照例没有灯。不到十点钟，火是不来的罢。洞窟的破碎了的圆天井在摇动。玛丁·玛替尼支蹲着——留神！再留神些！——仰了头，依旧在望十月的天空。为了不看发黄的，干枯的嘴唇。但玛沙却道——

“玛德，明天一早就烧起来，今天似的烧一整天，怎样！唔？家里有多少呢？书房里该还有半赛旬①罢?”

很久以前，玛沙就不能到北极似的书斋去了，所以什么也不知道。那里是，已经……留神，再留神些罢!

“半赛旬？不止的！恐怕那里是……”

忽然——灯来了。正是十点钟。玛丁·玛替尼支没

---

① 一赛旬约七立方尺——译者。

有说完话，细着眼睛，转过脸去了。在亮光中，比昏暗还苦。在明亮的处所，他那打皱的，粘土色的脸，是会分明看见的。大概的人们，现在都显着粘土色的脸。复原——成为亚当。但玛沙却道——

“玛德，我来试一试罢——也许我能够起来的呢……如果你早上就烧起火炉来。”

“那是，玛沙，自然……这样的日子……那自然，早上就烧的。”

洞窟的上帝渐渐平静，退缩了，终于停了响动，只微微地发些毕毕剥剥的声音。听到楼下的阿培志绥夫那里，在用石斧劈船板——石斧劈碎了玛丁·玛替尼支。那一片，是给玛沙看着粘土一般的微笑，用珈琲磨子磨着干了的薯皮，准备做点心——然而玛丁·玛替尼支的别一片，却如无意中飞进了屋子里面的小鸟一般，胡乱地撞着天花板，窗玻璃和墙壁。“那里去弄点柴——那里去弄点柴——那里去弄点柴。”

玛丁·玛替尼支穿起外套来，在那上面系好了皮带。（洞窟的人们，是有一种迷信，以为这么一来，就会温暖的。）在屋角的小厨旁边，将洋铁水桶哗啷地响了一下。

“你那里去，玛德？”

“就回来的。到下面去汲一点水。”

玛丁·玛替尼支在冰满了溢出的水的楼梯上站了一

会，便摆着身子，长嘘了一口气，脚镣似的响着水桶，下到阿培志绥夫那里去了。在这家里，是还有水的。主人阿培志绥夫自己来开了门。穿的是用绳子做带的外套，那久不修刮的脸——简直是灰尘直沁到底似的满生着赭色杂草的荒原。从杂草间，看见黄的石块一般的齿牙，从齿牙间，蜥蜴的小尾巴闪了一下——是微笑。

"阿阿，玛丁·玛替尼支！什么事，汲水么？请请，请请，请请。"

在夹在外门和里门之间的笼一样的屋子——提着水桶，便连转向也难的狭窄的屋子里，就堆着阿培志绥夫的柴。粘土色的玛丁·玛替尼支的肚子，在柴上狠狠地一撞，——粘土块上，竟印上了深痕。这以后，在更深的廊下，是撞在厨角上。

走过食堂——食堂里在着阿培志绥夫的雌儿和三匹小仔。雌头连忙将羹碟子藏在擦桌布下面了。从别的洞窟里来了人——忽然扑到，会抓了去，也说不定的。

在厨房里捻开水道的龙头，阿培志绥夫露出石头一般的牙齿来，笑了一笑。

"可是，太太怎样？太太怎样？太太怎样？"

"无论如何，亚历舍·伊凡诺微支，也还是一样的：总归不行。明天就是命名日了，但家里呢……"

"大家都这样呵，玛丁·玛替尼支。都这样呵，都这样呵，都这样呵……"

在厨房里，听得那误进屋里的小鸟，飞了起来，霍霍地鼓着翅子。原是左左右右飞着的，但突然绝望，拼命将胸脯撞在壁上了。

“亚历舍·伊凡诺微支，我……亚历舍·伊凡诺微支，只要五六块就好，可以将你那里的（柴）借给我么？……”

黄色的石头似的牙齿，从杂草中间露出来。黄色的牙齿，从眼睛里显出来。阿培志绥夫的全身，被牙齿所包裹了，那牙齿渐渐伸长开去。

“说什么，玛丁·玛替尼支，说什么，说什么？连我们自己的家里面……你大约也知道的罢，现在是什么都……你大约也知道的罢，你大约也知道的罢……”

留神！留神——再留神些罢。玛丁·玛替尼支亲自收紧了自己的心，提起水桶来。于是经过厨房，经过昏暗的廊下，经过食堂，出去了。在食堂的门口，阿培志绥夫便蜥蜴似的略略伸一伸手。

“那么，晚安……但是，玛丁·玛替尼支，请你不要忘记，紧紧的关上门呀，不要忘记。两层都关上，两层呵，两层——因为无论怎么烧也来不及的！”

在昏暗的处处是冰的小房子里，玛丁·玛替尼支放下了水桶。略一回顾，紧紧地关上了第一层门。侧着耳朵听，但听得到的只是自己身体里的干枯的柴瘠的战栗，和一下一下分成小点的多半是寒噤的呼吸。在两层的门之间的狭窄的笼中，伸出手去一碰——是柴，一块，又一块，又一块……不行！火速亲自将自己的身体推到外面，轻轻地关了门。现在是只要将门一送，碰上了闩就好。

然而——没有力气。没有送上玛沙的“明天”的力气。在被仅能辨认的点线似的呼吸所划出的境界上，两个玛丁·玛替尼支们就开始了拼命的战争——这一面，是和斯克略宾为友的先前的他，知道着“不行”这件事，但那一面的洞窟的玛丁·玛替尼支，是知道着“必要”这件事的。洞窟的他，便咬着牙齿，按倒了对手，将他扼死了。玛丁·玛替尼支至于翻伤了指甲，推开门，将手伸进柴堆去，——一块，四块，五块，——外套下面，皮带间，水桶里，——将门砰的一送，用着野兽一般的大步，跑上了楼梯。在楼梯的中段，他不禁停在结冰的梯级上，将身子帖住了墙壁。在下面，门又是呀的一声响，听到遮满灰尘似的阿培志绥夫的声音。

“在那边的——是谁呀？是谁呀？是谁呀？”

“是我呵，亚历舍·伊凡诺微支，我——我忘记了门——我就——回过去，紧紧的关了门……”

“是你么？哼……为什么会干出这样的事来的？要再认真些呵，要再认真些。因为近来是谁都要偷东西的呀。这就是你，也该明白的罢，唔，明白的罢，为什么会干出这样的事来的？”

廿九日。从早上起，是到处窟窿的旧棉絮似的低垂的天空，从那窟窿里，落下冰来了。然而洞窟的上帝，却从早上起就塞满了肚子，大慈大悲地呻吟起来——就是天空上有了窟窿，也不要紧，就是遍身生了牙齿的阿培志绥夫查点了柴，也不要紧——什么都一样。只要捱过今天，就好了。洞窟里的“明天”，是不可解的。只有过了几百年之后，才会懂“明天”呀，“后天”呀那些事。

玛沙起来了。而且为了看不见的风，摇摇摆摆，像先前一般梳好了头发。从中央分开，梳作遮耳的鬓脚。那宛如秃树上面，遗留下来的惟一的摇摇不定的枯叶一样。玛丁·玛替尼支从书桌的中央的抽屉里，拿出书本，信札，体温计这些东西来。后来还拿出了一个不知是什么的蓝色小瓶子①，但为要不给玛沙看见，连忙塞回原地方去了——终于从最远的角落里，搬了一只黑漆的小箱子来。在那底里，还存着真的茶叶——真的，真的——真正实在，一点不错的茶叶！两个人喝了茶。玛丁·玛替尼支仰着头，听到了完全和先前一样的声音——

“玛德，还记得我的蓝屋子罢。不是那里有盖着罩布的钢琴，钢琴上面，有一个树做的马样子的烟灰碟子的么？我一弹，你就从背后走过来……”

“是的，正是那一夜，创造了宇宙的，还有出色的

---

① 在欧美，凡盛毒药的瓶，例用蓝色的——译者。

聪明的月貌，以及莺啭一般的廊下的铃声。”

“还有，记得的罢，玛德，开着窗，外面是显着碧绿颜色的天空——从下面，就听到似乎简直从别的世界里飘来的，悠扬的手风琴的声音。”

“拉手风琴人，那个出色的拉手风琴人——你现在在那里了？”

“还有，河边的路上……记得么？——树枝条还是精光的，水是带了些红色。那时候，不是流着简直像棺材模样的，冬天的遗物的那蓝蓝的冰块么。看见了那棺材，也只不过发笑——因为我们是不会有什么死亡的。记得么？”

下面用石斧劈起柴来了。忽然停了声响，发出有谁在奔跑，叫喊的声音。被劈成两半了的玛丁·玛替尼支，半身在看永远不死的拉手风琴人，永远不死的树做的马，以及永远不死的流冰，而那一半身，却喘着点线一般的呼吸，在和阿培志绥夫一同点柴的数目。不多久，阿培志绥夫就点查完毕，在穿外套了。而且浑身生着牙齿，猛烈地来打门了。而且……

“等一等，玛沙，总，总好像有人在敲我们的门似的。”

不对，没有人。现在是还没有一个人。又可以呼吸，又可以昂着头，来听完全是先前一样的声音。

黄昏。十月念九日是老掉了。屹然不动的，老婆子似的钝滞的眼——于是一切事物，在那视线之下，就缩小，打皱，驼背了。圆天井低了下来，靠手椅，书桌，玛丁·玛替尼支，卧床，都扁掉了。而卧床上面，则有完全扁了的，纸似的玛沙在。

黄昏时候，来了房客联合会的干事绥里河夫。他先前体重是有六普特[①]的，现在却减少了一半，恰如胡桃在哗啷匣子[②]里面跳来跳去似的，在上衣的壳里面跳。只有声音，却仍如先前，仿佛破钟一样。

“呀，玛丁·玛替尼支，首先——不，其次，是太太的命名日，来道喜的。那是，怎么！从阿培志绥夫那里听到的……”

玛丁·玛替尼支被从靠手椅里弹出去了。于是橐橐地走着，竭力要说些什么话，说些什么都可以……

“茶……就来——现在立刻……今天家里有‘真的’东西哩。是真的呵！只要稍微……”

“茶么？我倒是香槟酒合式呵。没有？究竟是怎么了的！哈，哈，哈，哈！可是我，前天和两个朋友，从霍夫曼氏液做出酒来了。实在是笑话呀！很很的喝了一通。”

“但是那朋友，却道‘我是徐诺维夫呵，跪下呀。’

---

① 重量名，四十磅为一普特——译者。

② 一种孩子的玩具——译者。

唉唉，笑话笑话。”

“后来，回到家里去，在战神广场上，不是一个男人，只穿了一件背心，从对面走来了么，唔，自然是真的！你究竟是怎么了的？这一问，他不是说，不，没有什么，不过刚才遭了路劫，要跑回华西理也夫斯基岛去么。真是笑话！”

扁平的纸似的玛沙，在卧床上笑起来了。玛丁·玛替尼支亲自紧紧地绞紧了自己的心，接着更加高声地笑——那是因为想煽热绥里诃夫，使他始终不断，再讲些什么话……

绥里诃夫住了口，将鼻子略哼一下，不说了。觉得他在上衣的壳里左右一摇，便站了起来。

“那么，太太，请你的手，Chik！唔，你不知道么？是学了那些人们的样，将 Chest Imeju Kanyatsa 减缩了的呀，Ch. I. K. 唉唉，真是笑话！”①

在廊下，接着是门口，都起了破钟一般的笑声。再一秒钟，这样地就走呢，还是……

地板好像摇摇荡荡，玛丁·玛替尼支觉得脚下仿佛在打旋涡。浮着粘土似的微笑，玛丁·玛替尼支靠在柱

---

① Chest imeju kanyatsa 是应酬的常套语，有“幸得恭敬作礼”之意。“那些人们”指共产党员，因为常将冗长的固有名词，仅取头一字缩成一个新名，所以绥里诃夫以为“笑话”。——译者。

子上。绥里诃夫嗡嗡的哼着，将脚塞进大的长靴里面去。

穿好长靴，套上皮外套，将猛犸的身子一伸，吐了一口气。于是一声不响，拉了玛丁·玛替尼支的臂膊，一声不响，开了北极一般的书斋的门，一声不响，坐在长椅子上了。

书斋的地板，是冰块。冰块在可闻和不可闻之间，屑索的一声一开裂，便离了岸——于是滔滔地流着，使玛丁·玛替尼支的头晕眩起来。从对面——从辽远的长椅子的岸上，极其幽微地听到绥里诃夫的声音——

“首先——不，其次，我也敢说，那个什么阿培志绥夫这虫豸，实在是…… 但是你自己也明白的罢，因为他居然在明说，明天要去报警察了…… 实在是虫豸一流的东西！我单是这样地忠告你。你现在立刻，现在立刻到那小子这里去，将那柴，塞进他的喉咙里去罢。”

冰块逐渐迅速地流去了。扁平的，渺小的，好容易才能看见的——简直是木片头一般的玛丁·玛替尼支，回答了自己。但并非关于柴——是另外一件事。

“好，现在立刻。现在立刻。”

“哦，那就好，那就好！那东西实在是无法可想的虫豸，简直是虫豸呵，唔唔，自然是的……”

洞窟里还昏暗。粘土色的，冷的，盲目的玛丁·玛替尼支，钝钝地撞在洪水一般散乱在洞窟里的各种东西上。忽然间，有了令人错愕的声音，是很像先前的玛沙之声的声音——

“你同绥里诃夫先生在那边讲什么？说是什么？粮食票？我是躺着在想了的，要振作一下——到什么有太阳光的地方去……阿呀，这样磔磔格格地在弄什么东西呀，简直好像故意似的。你不是很知道的么——我受不住，我受不住，受不住！”

像小刀在刮玻璃。固然，在现在，是什么也都一样。连手和脚，也成了机器似的了。一上一下，都非像船上的起重机模样，用绳索和辘轳不可。面且转动辘轳，一个人还不够，大约须有三个了。玛丁·玛替尼支一面拼命地绞紧着绳索，一面将水壶和熬盘都搁在炉火上，重炖起来，将阿培志绥夫的柴的最后的几块，抛进火炉里面去。

“你听见我在说话没有？为什么一声不响的？你在听么？”

那自然并不是玛沙。不对，并不是她的声音。玛丁·玛替尼支的举动，逐渐钝重起来了。——两脚陷在索索地崩落的沙中，转动辘轳，就步步觉得沈重。忽然之间，搭在不知那一个滑车上的绳索断掉了，起重机——手，便垂了下来。于是撞着了水壶和熬盘，哗拉拉的都落在地板上。洞窟的上帝，蛇一般吱吱地叫。从对面的辽远的岸——卧床里，发出简直是别人似的高亢的声音来——

“你是故意这样的！那边去罢！现在立刻！我用不着谁——什么什么都不要！那边去罢！”

十月念九日是死掉了。——还有永远不死的拉手风琴人，受着夕阳而发红的水上的冰块，玛沙，也都死掉了。这倒好。不像真的“明天”，阿培志绥夫，绥里诃夫，玛丁·玛替尼支，都没有了，倒是好的，这个那个，全死掉了，倒是好的。

在远处什么地方的机器之流的玛丁·玛替尼支，还在做着什么事。或者，又烧起火炉来，将落在地上的东西，拾进熬盘里，烧沸那水壶里的水，也说不定的。或者，玛沙讲了句什么话，也说不定的——但他并没有听见。单是为了碎话和撞在小厨，椅子，书桌角上所受的陈伤，粘土在麻木地作痛。

玛丁·玛替尼支从书桌里，将信札的束，体温计，火漆，装着茶叶的小箱子——于是又是信札，都懒懒地拖出来。而在最后，是从不知那里的最底下，取出了一个深蓝色的小瓶子。

十点钟。灯来了。完全像洞窟的生活一样，也像死一样，精光的，僵硬的，单纯而寒冷的电气的灯光。并且和熨斗，作品第七十四号，点心之类在一处，是一样地单纯的蓝的小瓶子。

铁铸的上帝，吞咽着羊皮纸一般地黄的，浅蓝的，白的，各种颜色的信札，大慈大悲地呻吟起来了。而且使水壶的盖子格格地作声，来通知它自己的存在。玛沙回过了头来。

“茶烧好了？玛德，给我——”

她看见了。给明亮的，精光的，僵硬的电气的光所穿通了的一刹那间，火炉前面，是弯着背脊的玛丁·玛替尼支。信札上面，是恰像受了夕阳的水那样的红红的反射，而且那地方，是蓝的小瓶子。

“玛德……玛德……你已经……要这样了？……”

寂静。满不在意地吞咽着凄苦的，优婉的，黄的，白的，蓝的，永远不死的文字——铁铸的上帝正在呼卢呼卢地响着喉咙。玛沙用了像讨茶一样，随随便便的调子，说：

“玛德，玛德！还是给我罢！”

玛丁·玛替尼支从远处微笑了。

“但是，玛沙，你不是也知道的么？——这里面，是只够一个人用的。”

“玛德，但是我，反正已经是并不存在的人了。这已经并不是我了——我反正……玛德，你懂得的罢——玛德。”

唉唉，和她是一样的，和她是一样的声音……只要将头向后面一仰……

“玛沙，我骗了你了。家里的书房里面，柴什么是一块也没有了。但到阿培志绥夫那里去一看，那边的门和门的中间……我就偷了——懂了么？所以绥里诃夫对我……我应该立刻去还的，但已经统统烧完了——我统统烧完了——统统！”

铁铸的上帝满不在意地假寐了。洞窟的圆天井一面在消没，一面微微地在发抖。连房屋，岩石，猛犸，玛沙，也微微地在发抖。

“玛德，如果你还是爱我的……玛德，记一记罢！亲爱的玛德！”

永远不死的树做的马，拉手风琴人，冰块。还有这声音……玛丁·玛替尼支慢腾腾地站起来了。好容易转动着辘轳，慢腾腾地从桌上拿起蓝的小瓶子，交给了玛沙。

她推掉毯子，恰如那时受了夕照的水一般，带着微红，显出灵敏的，永远不死的表情，坐在卧床上。于是接了瓶子，笑起来了——

“你看，我躺着想了的，也不是枉然呵——我要走出这里了。再给我点上一盏电灯罢——哪，那桌子上的。是是，对了。这回是，火炉里再放进些什么去。”

玛丁·玛替尼支看也不看，从桌上抓起些什么纸来，抛在火炉里。

“好，那么……出去散步一下子。外面大概是月亮罢——是我的月亮呵，还记得么？不要忘记，带着钥匙。否则，关上之后，要开起来……”

不，外面并没有月亮。低的，暗的，阴惨的云，简直好像圆天井一般，而凡有一切，则是一个大的，寂静的洞窟。墙壁和墙壁之间的狭的无穷的路，冻了的，昏暗的，显着房屋模样的岩，而在岩间，是开着照得通红的深的洞窟。在那洞窟里，是人们蹲在火旁边。轻轻的冰一般的风，从脚下吹拂着雪烟，不知道是什么，最像猛犸的猛犸的伟大而整齐的脚步，谁的耳朵也听不见地，在白的雪烟，石块，洞窟，蹲着的人们上面跨过去。

老耗子

M·淑雪兼珂 作

建造飞机的募款很顺利地进行着。

书记们中有一个曾经是驾驶过两次气球的航空老手，自己负起责任到各部去游说。

“同志们，新时代已近在眼前了，”这位“专门家”说。“各种建设都应当有飞机以作空中联络……呀，那就是为什么……你们应该出钱的理由……”

雇工们都慨然捐了钱。没有一个和这位专门家争辩。只在会计处一部中，这位专门家却碰到一个倔强的人物。这个倔强的人就是达德乌庚，司帐员之一。

达德乌庚讽刺地微笑着。

“造一架飞机么？吓……一架怎样的飞机呢？为什么我把钱抛在飞机上呢？我，朋友，是一个老耗子呀。”

专门家激昂起来了。“怎样的飞机么？呀，就是一架飞机，一架普通的飞机。”

“一架普通的飞机，”达德乌庚苦笑地喊道。“但它万一造得不好，那怎么办呢？假如第一次飞了上去给风吹翻了，那我的钱在那儿呢？我为什么要那样傻，把钱在它身上作孤注一掷呢？我如果替老婆去买一架缝衣机，我可以用自己的手指试摸每一个机轮……但现在我能够干什么呢？大概那推进机是不会活动的。那怎么办呢？”

“对不起，”专门家叫喊道。“这将在一所大工厂里建造！在一所工厂里！一所工厂！”

“工厂就怎么样呢？”达德乌庚讥笑地叫道。“我虽然未曾驾驶过气球，但我毕竟是一个老耗子，我是知道一两件事情的。让别的工厂赚得这笔钱，毫无意思的……呵，不要摇手失望罢，钱是要付的。我并不是吝啬钱……我刚才不过要求公允的处置罢了。钱在这里。……我还可以代付密舒力登的钱，因为他正在告假中。……对不起。”

达德乌庚掏出他的钱袋，照当时的兑价数了一个金卢布的钱，算他自己的款子，接着又替密舒力登付了四分之一卢布，签了他的名，又把钱重数一遍，交给这位专门家。

“钱在这里了……我的惟一的条件是：允许我到工厂去，亲自察看这件工作在怎样进行。你知道这句成语的：只有自己的眼睛是金刚石，别人的眼睛都不过是玻璃。”

达德乌庚自言自语地说了很久，然后转身重新对着他的算盘。但他的心绪太紊乱了；他不能工作。

在此后这两个月当中，他一直都不能工作。他到处跟着这位专门家像一个影，在走廊里拦住他，问他募款怎样了，每人拿出多少钱，并且飞机将在那里建造。

当必需的款子都募集好，而飞机正在着手建造的时候，达德乌庚带着嘲笑的神情，到了工厂。

“呀，兄弟们，工作怎样了呀？”他问工人们。

“你来干什么？”一位技师问。

“我来干什么吗？”达德乌庚惊异地喊道。“我拿出钱来造飞机，而且他请我……你们是在为我们建造飞机呀……我是来察看一下的。”

达德乌庚走上走下地走了许久，察看各种材料，甚至于还拿了有些材料来，用他的牙齿咬过。

他摇摇头。

“看这里，兄弟们，”他对工人们说道。“你们是在替我们建造这个的，看呀，你们竟把它当作一件营利的事业了……我知道你们……你们都是大猾头。我们就要看见，它完工之后，那推进机是不会活动的。我是一个老耗子，我是知道的。请恕我。我实在是有关系的呀。”

这位司帐员达德乌庚又在工厂里到处踱了一遍，约定下次再来，于是走了出去。

此后他每天都到这工厂里来，有时他一天还来了两次。他批评他们，非难他们。他强迫他们更换材料；有时他还到写字间里检阅图样。

“我真奇怪，”有一天，那个技师说，被他自己的圆到克制着，“我真奇怪……唉，我不知道怎样说才好……我们自然会照你的意思来干的，这事情用不着费心的……但是最好请你不要随便到这里来……否则我想我们不得不谢绝这件工作了……你做代表的人是明白的。”

“什么，代表？”达德乌庚问，“我怎么是个代表？你把那个也造起来了。我是以私人资格来的。我有钱抛在这架飞机上……”

“不是一个代表么？”技师尖声叫道。“什么东西——你抛的是什么东西呢？”

“我抛了多少钱么？呀，一个金卢布。”

“一个卢布，你说什么，是一个卢布么？”技师憎厌地问。

他拉开台子的抽斗，将钱掷还达德乌庚。

“该咒骂的，钱在这里，在这里……”

达德乌庚耸着他的两肩。

“随你的便，”他说。“你不要，不要就是了。我是不会固执的。我可以把它用在别处的。我是一个老耗子。”

达德乌庚数了数钱，放在衣袋里，出去了。接着又跑回来。

“密舒力登的钱怎样呢?”他问。

“密舒力登的钱么?”这位技师咆哮着。“密舒力登的钱么?你这老耗子?”

达德乌庚吃了一惊，连忙关了门，跑出到街上。

“钱化掉了,”他自语着。“这流氓在这上面弄了四分之一……技师就在那些上……”

在沙漠上

L·伦支　作

一

夜晚，是在露营的周围烧起火来，都睡在帐篷里。一到早晨——饥饿的恶狠狠的人们，便又步步向前走去了。人数非常之多。等于旷野之沙的雅各的苗裔——无限的以色列的人民，怎么算得完呢。而且各人还带着自己的家畜，孩子和女人。天热得可怕。白天比夜间更可怕。这怎讲呢，就因为在白天，明晃晃地洋溢着金色的滑泽的光，那不断的光辉，似乎反而觉得比夜暗还要暗。

可怕，而且无聊。此外一无可做——就单是走路。不胜其火烧一般的倦怠和饥饿和空虚的忧愁，为要寻些事给粗指头的毛毵毵的手来做，于是互相偷家具，偷皮革，偷女人，又互将那偷儿杀却。而又从此发生了报复，杀却那曾杀偷儿的人。没有水，却流了许多血。在所向的远方，是横着流乳和蜜的国土。

绝无可逃的地方。凡落后的，只好死掉。而以色列人，是向前向前的爬上去了。后面爬着沙漠的兽，前面爬着时光。

魂灵已经没有。被太阳晒杀了。凡留下的，只是张着黑伞的强健的身体，吃喝的须髯如猬的脸，单知道走路的脚，和杀生，割肉，在床上拥抱女人的手罢了。在以色列人之上，站着大悲而耐苦，公平而好心的真的神——这是正如以色列族一样，黑色而多须的神，是复仇者，也是杀戮者。在这神和以色列人之间，则夹着蔚蓝的，无须的，滑泽，然而可怕的太空和为圣灵所凭的摩西——他们的指导者。

二

第六天的傍晚，总要吹起角笛来。于是以色列人便走向集会的幕舍（犹太的神殿）去，群集于麻线和杂色毛绳织出的，大的天幕的面前。祭坛旁边，站着黑色多须的祭司长亚伦，穿了高贵的披肩——叫着，哭着。在那周围是子和孙，黑脸多须的亲属利未族，穿了紫和红的衣——叫着，哭着。穿着山羊皮裘的黑色多须的以色列人——饿而且怕，但叫着，哭着。

此后是裁判了。高的坛上，走上圣灵所凭的摩西来。和神交谈，而不能用以色列话来讲的。在高坛上，他的身体团团回旋，从嘴里喷出白沫。而和这白沫一起，还发出什么莫名其妙，然而可怕的声音。以色列人怕得发抖，哭喊了。于是跪而求赦了。有罪者也忏悔，无罪者也忏悔。因为害怕了。已忏悔者，被击以石。于是又向乳蜜喷流的处所，步步前进了。

三

角笛发声的时候——

——金，银，铜，青紫红等的毛绳，麻线，山羊毛，染红的公羊皮，獾皮，合欢树，用于膏油和馥郁的香之类的香料，宝石——

——将这些东西，以色列人携带在手里，跑向吹角的幕舍去。于是亚伦，和他的子，孙，和亲属的利未族等，便收去这样的贡献。

没有金，紫的织品，宝石这些东西的，便带了盆，盘，碗，灌奠用的水瓶，最好的香油，最好的葡萄和面包——加了酵素的面包和不加的面包——和涂了香油的饼饵，羊，小牛，小羊这些去。

连香油，葡萄，家畜，器具都没有的——就应该被杀。

四

已经没有了走路之力的时候，沙烙脚底而太阳炙着脊梁的时候，不得不吃驴马的肉而喝驴马的尿的时候——那时候，以色列人走到摩西那里，哭着威逼了——

“究竟是谁给我们吃肉，喝水的？我们还记得在埃及吃过的鱼。也记得王瓜，甜瓜，葱薤，大蒜。你要带我们到那里去呢？流着乳和蜜的国土，究竟在那里呢！说是引导我们的你的神，究竟在那里呢？我们已经不愿意害怕这样的神了。我们要回埃及去了。”

以色列人的指导者，圣灵附体的摩西，在坛上打旋子。从那嘴里，喷出白沫来，漏了莫名其妙，然而可怕的言语。哥哥亚伦穿着紫和红的衣，站在旁边，威吓似的大叫：“将吐不平的去杀掉呀！”于是吐不平的，被杀掉了。

然而，假使以色列人还是不平，叫道，“竟是将我们带出了埃及的地方还不够，且要在这样的旷野中杀掉么？岂不是没有带到流乳和蜜的国土里么？岂不是没有分给葡萄园和田地么？我们不去了，不去，不去了！”呢——那时候，亚伦就向自己的亲属利未族，说，“拔出剑来，通过人民中走罢！”于是利未族的人们拔出剑来，通过人民中，走了，而凡有站在当路的，都被杀掉。以色列人哭喊了。这为什么呢，就因为摩西和神交谈，而利未族是有剑的。

从此又离开露营，向着流乳和蜜的地方前进。这样，年岁正如以色列人，慢慢地爬，以色列人正如年岁，慢慢地爬去了。

五

途中倘或遇见别的种族和人民，便杀了那种族和人民。完全是野兽似的，贪婪地撕碎了。撕碎了又前进。从后面爬来着沙漠的兽，恰如以色列人一样，贪婪地撕吃了被杀的人民的残余。

以东族，摩押族，巴珊族，亚摩利族等，都被蹂躏于沙砾里了。贽桌被毁，祭坛被拆，圣木被砍倒。更没有一个生存的人。财宝，家畜，女人，都被掠夺了。女人夜里被玩弄，一到早晨，就被杀掉。有孕的是剖开肚子，拉出胎儿来。女人留到早晨，一到早晨，就被杀掉了。无论是家财，是家畜，是女人，凡最好的都归利未族。

六

年岁正如以色列人，慢慢地爬。饥饿和枯渴和恐怖和愤怒正如年岁和以色列人，慢慢地爬去了。角笛虽响，已没有送往幕舍的东西。以色列人杀了自己的家畜，送到亚伦和他的亲戚利未族那里去。空手而来的呢——被杀掉了。以色列人渐渐常往摩西的处所，叫喊，鸣不平。但利未族的人们更是常常拔了剑，在人民之间通过了。这样子，而孩子们，年岁，恐怖，饥饿，都生长起来了。

七

曾经有了这样的事。以色列人遇着米甸人，起了大激战。亚伦子以利亚撒之子非尼哈，带着以色列军队前去了。圣器和钟鼓在他的手里。以色列军终于战胜了。胜而随意狂暴了。到得后来，是分取家畜和女人。最好的畜群和最美的女人，归于祭司长之孙非尼哈。

然而是第二天早上的事了。非尼哈任意玩弄了女人，于是就要杀掉她，捏了剑。但女人赤条的躺着。非尼哈到底不能杀掉她。他走出帐篷，叫了奴隶，递给剑去，这样说，“进帐篷去，杀掉那女人!”奴隶说着“唯唯，我去杀掉女人罢。”走进帐篷里去了。过了好一会。非尼哈又向别一个奴隶说，“进帐篷去，杀了那女人和同女人睡着的奴才来。”还将一样的话，说给了第三，第四，第五的奴隶。他们都说着“唯唯，”走进帐篷里去了。过了好一会，走出帐篷来的却是一个也没有。非尼哈走进帐篷去一看，奴隶们是杀掉了倒在地面上，最后进去的和女人在睡觉。非尼哈取了剑，杀掉奴隶，也要杀掉那女人。然而女人是赤条条的躺着。非尼哈不能杀，走出外面了。而且躺在幕舍的门口了。

八

于是以色列人中，开始了可怕的带疯的发作和淫荡。

这非他，女人一躺在床上，以色列的儿郎们便在帐篷的门口交战，胜者就和她去睡觉的。而这一出帐篷外，便又被别个杀死了。

日子这样过去了。日之后来了暗，暗之后来了日，日之后又来了暗。面包没有了，然而谁也没有鸣不平；水没有了，然而谁也不叫渴。

第六天的傍晚，角笛没有吹起来。以色列人不到幕舍那面去，却聚在以利亚撒之子非尼哈的帐篷旁边了。然而非尼哈，是躺在帐篷的门口。

第七天的安息日也过去了。但以色列人既不向神殿去，也不送贡品来。利未族的人们前来杀女人，但他们也互相杀起来，胜者和女人一同睡觉了。

圣灵所凭的摩西，在坛上打旋子，喷白沫，吐咒骂了，然而谁也不听他。

以利亚撒之子非尼哈是躺在帐篷的门口，然而谁也不看他。

以色列的一行，已经不想进向流乳和蜜的国土去，在一处牢牢地停下了。从他们后面爬来的沙漠的兽也站住了。时光也停住了。

九

这是第十天。女人终于出了帐篷，就赤条条地在营寨之间走起来。以色列人跟着在沙上爬来爬去，吻接她的足迹。于是女人说了："你们毁掉那样的贽桌，给非基辣的主造起祭坛来罢。因为这是真的神呀。"以色列人便毁了自己的神的贽桌，给非基辣的主，造起祭坛来。女人走向幕舍那面去了。但幕舍的门口，是躺着以利亚撒之子非尼哈。女人也不能决意走进帐篷去，但是这样地说："为什么像旷野的狗一样，躺在这样的地方的？回到自己的帐篷，和我一同睡觉去罢。"又这样地说："大家都来打这汉子呀。"于是西缅族的首领撒路之子心利，前来以脚踢非尼哈。女人走进帐篷去了。撒路之子心利也跟进去了。

是这晚上的事。以利亚撒之子非尼哈站了起来，走向自己的帐篷，要和女人去睡觉。以色列人看见非尼哈到来，都在前面让开了路。非尼哈走进帐篷去了——在手里有一杆枪。一看，女人是赤条条地躺在床上，上面是撒路之子心利，也是赤条条。以利亚撒之子非尼哈就在那屁股上边，用枪刺下去了。枪从那肚子刺透女人的肚子，竖在床上。那时候，非尼哈将帐篷拆开。一看见女人和撒路之子心利赤条条地刺透在床上，以色列人便大声哭叫起来。祭司长亚伦子以利亚撒之子非尼哈，便离开这里，躺在幕舍的门口了。

十

是第二天早晨的事。已经没有肉，没有面包，也没有水了。而饥饿和恐怖和愤怒，是苏醒了。以色列人走到圣灵所凭的摩西那里，这样说——

“究竟是谁给我们吃肉，喝水的？我们还记得在埃及吃过的鱼。也记得王瓜，甜瓜，葱，薤，大蒜。为什么你要带我们到这样的旷野里，杀掉我们和牲畜的呢？岂不是没有带到流乳和蜜的国土里么？我们不去了。不去，不去了。”

于是和神交谈的摩西，在坛上打旋子，作为回答。从那嘴里，喷出白沫来，发了莫名其妙的咒骂的话。祭司长亚伦就站起，对利未族的人们这样说：“拔出剑来，通过了营寨走罢。”于是利未族的人们拔出剑来，通过营寨走去了。而站在前路的，是统被砍死了。

是这晚上的事。以色列人终于离开营盘，向着流乳和蜜的国土，爬上去了。在前面，慢慢地爬着时光，从后面，慢慢地爬着沙漠的兽和黑暗。

以利亚撒之子非尼哈走在最后面。而且一面走，一面屡屡的回头。在后面，是女人和西缅族的首领撒路之子心利，赤条条地被刺通在床上。

以色列人和时光和流乳和蜜的国土上面，是站着——恰如以色列族一样，色黑而多须的神，是复仇者，也是杀戮者，大悲而耐苦，公平而好心的，真的神。

果树园

K·斐定 作

融雪的涨水，总是和果树园的繁花一起的。

果树园从坡上开端，缓缓地斜下去，一直到河岸。那地方用栅栏围起来，整齐地种着剪得圆圆的杨柳。从那枝条的缕缕里，看见朗然如火的方格的水田；在梢头呢，横着一条发光的长带。这也许是河，也许是天，也许不过是空气——总之乃是一种透明的，耀眼的东西。

河上已经是别的果树园，更其前，是接连的第三，第四个。

在那对面，展开着为不很深的山谷所隔断的草原。雨打的山谷的崖边，缠络着鞑靼枫树的欣欣然的斫而复生的萌蘖。

这一点，便是这小小的世界的全部。后面接着荒野，点缀着苦蓬和乌羽草的团簇，枯了似的不死草的草丛和野菊；中庭的短墙和树篱上，是蔓延着旋花。

白白的灰土的花纱，罩着这荒野的全体。留有深的轮迹的路，胡乱地蜿蜒着，分岔开去，有两三条。

今年是河水直到栅栏边，杨柳艳艳地闪着膏油般的新绿，因为水分太多了，站着显出腴润的情形。篱上处处开着花；剥了树皮，精光的树墩子上，小枝条生得蓬蓬勃勃。黄色的水波，发着恰如猫打呼卢一般的声音，偎倚在土坡的斜面上。

冈坡又全体包在用白花的和红花织成的花样的轻绡里。好像灿烂的太阳一般，明晃晃的那樱林的边际，为树篱所遮蔽，宛如厚实的缨络，围绕着果树园。

葡萄将带蓝的玫瑰色的花，遍开在大大小小的枝条上，用了简直是茸毛似的温柔的拥抱，包了一切的树木。这模样，仿佛万物都寂然辍响，而委身于春的神秘似的。

园里满开着花了……

先前呢，每到这个时候，照例是从市镇里搬来一位老太太，住在别墅里。宽广的露台，带子一般围绕起来的别墅，是几乎站在坡顶的。从耸立在屋顶上的木造的望楼，可以一览河流，园后的荒野，和郊外的教堂的十字架。

那位老太太是早就两脚不便的了，坐在有轮的安乐椅子上，叫人推着走。她每早晨出到露台上，用了镇定的观察似的眼色，历览周围，送她的一日。

园主人，她的儿子，是一位少说话的安静的人物，不过偶或来看他的母亲。但他一到，却一定带着花树匠的希兰契。倘到庭园去散步，那花树匠就总讲给他听些有趣的故事，在什么希罕的苹果树边呀，在种着水仙和蔷薇的温床旁边呀，在和兰莓田旁边呀，——是常常立住的。

主人和花树匠的亲密，是早就下着深根的。当主人动手来开拓这果树园的时候，便雇进了又强壮，又能做，而且不知道什么叫作疲乏的农夫希兰契，给他在离开别墅稍远之处，造了一所坚固宽广的小屋——是从那时以来的事了。

他们互相敬重。这是因为两个人都不爱多说话，而且不喜欢有头无尾的缘故。两个人都是一说出口，不做便不舒服的。而且他们俩的交谊，又都是既切实，又真诚。

年青的果园刚像一个样子的时候，主仆都不说空话，只从这树跑到那树，注视着疏落落开在细瘦的枝条上的雪白的美花，互相横过眼光去看一看。

“一定会长大起来的罢。”主人试探地问。

“那有不长大起来的道理呢。”仆人小心地回答。

那时候，两人都年青而且强健。并且都将精神注在这园里了。

园步步成长起来，每一交春，那强有力的肩膀就日见其增广，和睦地长发开去了。苹果，梨，樱桃的根，密密地交织得一无空隙。而且用了活的触手，将花树匠的生命也拉到它们那边去，和它们一同在大地里生根了。

他完全过着熊一般的生活。到冬季，就继续着长久的冬眠。树篱旁边，风吹雪积得如山，已没有人和兽和雪风暴的危险。希兰契的妻从早到晚烧着炕炉。他本人就坐着，或是躺在炕炉上，以待春天的来到。

他静静地，沈重地，从炕炉转到食桌上。恰如无言的，冷冷的，受动底的，初凿下来的花刚石一样。

但芳菲的春天一到，花刚石也不知不觉地在自己的内部感到温暖了，暖气一充满，那和秋天的光线一同离开了他的一定的样子，便又逐渐恢复了转来。

熊和园一同醒来了……

这一春，希兰契的心为不安所笼罩。去年秋天，主人吩咐将别墅都关起来，卖掉了刚从树上摘下来的多余的大苹果，也不说那里去，也不说什么时候回，就飘然走掉了。

花树匠也从他的妻和近地人那里，知道了地主和商人都已逃走，市里村里，都起了暴动，但他不喜欢讲这些，并且叮嘱自己的妻，教她也不要说。

融雪的路干燥了的时候，不知从那里来的人们，来到果树园。敲掉了写着主人的名姓的门牌，叫希兰契上市镇去。

“我早就这样想了呀——这究竟算是怎么一回事呢——不是门牌挂着老爷的，园子却是属于苏维埃的么?”希兰契一面拾门牌，一面在胡子里独自苦笑着说。

“所以我们要改写的呵。”从市上来的一个男人道。

“如果不做新的，这样的东西，有甚用处呀。烂木头罢了，不是板呀……”

希兰契并不上市镇去。他想——总会收场的罢，也就没有事了罢。然而并不没有事。

花朵刚谢，子房便饰满了蓬蓬松松的黑的羽毛一般的东西。而且仿佛是要收回先前失去的东西似的，新叶咽着从前养了那粉红面幕一般的花的汁水，日见其生长了。

早该掘松泥土了，然而没有人。以前一到这时节，是从邻近的村庄里，去招一大班妇人和姑娘来。只要弯腰去一看，就从苹果树的行列之间，可以望见白润的女工的腿，在弄松短干周围的土壤；铁锄闪闪地在一起一落；用别针连住了的红裙角，合拍地在动弹的。为了频频掘下去的锄，大地也发出喘息；女人们的声音呢，简直好像许多钟声，从这枝绕到那枝，钻进樱林的茂密里去。

“喂，妈修忒加！这里来，剥掉麻屑呀！”

但现在是静悄悄了，没有人声。

太阳逐日高高地进向空中，希兰契的小屋的门口左近，地面开起裂来了。每晚，连接着无风的闷热的夜，果树园等候着灌溉。

这件事，决不是一个人所能办妥的。从市镇上，又没有人来。于是希兰契只好从早到夜，总垂着两手，显着惹不得的恶意的脸相，踱来踱去。对于自己的妻，也加以从未有过的不干净的恶骂，待到决计上市去的时候，是几乎动手要打了。

他决心顺路去问问教父。那是一直先前，做过造砖厂看守者的活泼而狡猾，且又能干的乡下人。

对着因为刷子和厨刀而成了白色的菩提树桌子，坐着希兰契的教父，用了画花的杯子，在喝苹果茶。当那擦得不大干净的茶炊的龙头，沙沙地将热水吐在大肚子的茶杯中时，他用了圆滑的敷衍似的口气说——

“真好的主儿们呵。生身母亲的俄罗斯的这土，一定在啼哭罢！什么也不知道……你呢，还是到他们的什么苏维埃去看一看好——那就很明白了……”

开着的阔大的门，从窗间可以望见。那对面是既不像工厂，也不是仓库的建筑物，见得黑黝黝。是同造砖厂一样，细长的讨厌的建筑。

“我们在办的事情之类，”看守者用了大有道理似的口气，说。“并不是什么难事情——单是砖头呀！但是，便是这个，他们一办，就一件也弄不好。日里夜里，都要被偷，并没有偷儿从外面来，到底工厂里的砖头连一块也不剩了。想用狗罢，可是连这也全不济事！……”

希兰契从市上回来，已经是傍晚，周围罩着黄昏了。默默地吃了晚膳，便躺在屋中央——他是喜欢睡在夏天的地板上的，因为有浓重的树脂味，而且从板缝里，会吹进湿湿的凉气来。

当东方将白未白之际，——便将自己的女人叫起，跑到仓库里去取锹锄。还从大腹膨亨的袋子里拉出一块麻屑来，豫备做新刷子，将柏油满满的倒在罐子里，揎着两袖，对女人说——

“太阳上山时要好好的行礼，上帝是大慈大悲的，说不定会有好结果呀。”

他奋然的大大地画了十字，将指头略触地面，便一把抱起锹锄和麻屑来，一面吩咐女人送柏油罐子去，于是乡下式地，跨开那弯着膝髁的脚，向着河那边，走下坂路去了。

在河岸上，不等样的大大的抽水机，伸开着手脚。许多木棍和木材，支着呆气的机器，屹立着，像是好人模样。齿轮和汽筒虽然很有一些妖气，但也许是因为长久的冬眠之后罢，惘惘然像要磕睡，在盛装的柳树的平和相的碧绿里，显着莫名其妙的丰姿。

希兰契检查了从载在抽水机顶上的桶子里，向四面岔出的水溜的接笋处之后，便去窥一窥井。于是扫了喉咙，沈重地坐在地面上，脱去了长靴，将裹腿解掉。他随即站了起来，解开窄裤的扣子。这——就是伏尔迦河搬运夫所穿那样的拥肿的窄裤一样，皱成手风琴似的襞积，溜了下去，写着出色的S字，躺在脚的周围了。

女人默默地定了睛，看希兰契的满是茸毛和筋节的腿，分开了蒙茸交织的黑莓的茂密，踏着未曾割去的油油的草，在地面上一起一落。

很寂静。从河对面，徐徐地爬上红色的曙光来。不动的光滑的水面，也反射着和这一样的颜色。柳枝下垂如疲乏的手；小鸟从那繁茂中醒来时，打着害怕似的寒噤。

希兰契很留神地下井去了。其中满填着涨水时漂来的木片，枝条，以及别的样样色色的尘芥。他一脚踏定横桁，一脚踏定梯子，开手将尘芥抛出井外面。

以后，是仰起头来，简短地用了响亮的声音叫喊道——

“抽水!”

女人便将全身压在唧筒的柄上。以前是用马的。于是田园，宽广的河面，天空，都充满了高朗的轧轹和叫喊和呻吟。杓子互相钩连着，发出嗑嗑的声音；齿轮的齿格格作响，不等样的懒散的轴子，激怒地转动起来。那平和的机械，便仿佛因为拉出了无为之境，很是不平似的，用了无所谓的声调，絮絮叨叨发话了。

藏在丛莽中的小鸟的世界，恰如就在等候这号令，像回答抽水机的呻吟一般，惊心动魄的叫声，立刻跑遍了田园。这撞着丛莽的繁密便即迸碎，一任着大欢喜飞上天空去，又如从正出现于天涯的神奇赤轮，受了蛊惑一般，就在那里缩住了。

希兰契遍体淋漓地从井里爬了出来。小衫湿湿的粘着身体，因疲劳而弯了腰，但他还是又元气，又满足的。“总算还好，吊桶是在的……”

这回是爬到抽水机的上面去，在水桶上涂了柏油，又骑在打横的轮轴上，检查过齿轮。这才穿好衣服，遣女人回家，自己又用树脂涂桶子，用手打扫草茅蓬蓬的水路了。

他的心里，突然觉醒了一点希望。以为做一点工，照应照应，后来总该是不至于坏的。于是他就仿佛要将在烦恼无为的几星期之中，曾经失掉了的东西，一下子就拿回它来一样，拼命地挖，掘，用小斧头橐橐地削，用麻屑来塞好水溜了。

饶舌的野燕，停在花树匠当头的枝条上，似乎在着忙，要说什么可怕的重大的事件。希兰契用袖子拭着油汗的头颈，用了老实的口气，低声地说道——

“啾啾唧唧说着什么说？你真是多么忙碌的鸟儿呵！好，说罢，说罢……”

要开手来灌溉，总得弄一匹马。抽水机大概是好的，水路这一面，也可以和妻两个来拔草，只是掘松土壤的，却没有一个人。其实呢，如果会送马匹来，那一定也会送工人来的，但是……

斑鸠的群，黑云似的飞来，向苹果树上，好像到处添了眼神一般，停下了。并且叽叽咕咕说着，在枝柯的茂蜜里，嚷闹起来。希兰契高声地吁的吹了一声口笛，追在同时飞起的鸟后面。而且叫着，骂着，一直到最后的一匹，过了篱笆，飞到邻接的果园里。

用膳的时候，他对他的妻说——

“还得照应一下的。倘要结结实实做事，这样的事，总得熬一熬……况且，老实说，老爷在着的时候，真费了不少的力呀。不过那时呢，什么都顺手，可是现在是这样的时势呀……”

第二天，他到镇上去了。镇上答应他送马匹和工人来。

然而过了几天，太阳猛得如火，绿的干下去，变成黑的了，却不见有一个人来。好像完全忘却了满坡的果树园，正在等候着灌溉。

希兰契心慌了。跑到造砖厂去，又跑到住在邻村的熟识的花树匠那里去——但什么地方都没有马，也没有人肯来做工。

有一回，花树匠从市镇一回来，便走到河这面去了。看看沈默着的抽水机，沿岸走了一转，从干燥的树上，摘了一个又小又青的苹果，拿回到他的妻这里来。

“你瞧，这简直是野苹果了。这是从亚尼斯[①]树上摘来的呵……”

他将干瘪的硬的苹果放在桌子上，补足说——

① 苹果的种名——译者。

“而且那树，简直成了野树了……”

于是坐在长椅上，毫不动弹地看着窗门，屹然坐到傍晚。在窗门外面，是看见全体浴着日照，屹然不动的园。

莽苍苍地太阳一落山，他吁一口气，独自说——

“哼，如果不行，不行就是了。横竖即使管得好好的，也谁都没有好处呵……”

鸟的歌啭和园的萧骚中，又新添上孩子的响亮的声音了。向着先前的老太太住过的别墅里，学校的孩子们从镇上跑来了——显着优美的眼色的，顽皮似的大约一打的孩子，前头站着一个仅剩皮骨的年青的凄惨的女教员。

喧嚷的闯入者的一群，便在先曾闲静的露台上，作样样的游戏。撒豆似的散在冈坡上；在树上，暖床的窗后，别墅的地板下，屋顶房里，板房角里，干掉了的木莓的田地里，都隐现起来。无论从怎样的隐僻处，怎样的丛树的茂密里，都发出青春的叫喊。简直并不是一打或者多得有限，而是有着几百几千人……

不多久，孩子们的一队，在希兰契的住房前面出现了。女教员用了职务底的口调，说道——

“借给我们两畦的地面罢。”

“那是你们要种什么的罢?”花树匠问。

“菜豆，红萝卜……还有，要满种各样的蔬菜的。”

“那么，现在正是种的时候了！”

在大门上，一块小小的布，通在竿子上，上面写着几个装饰很多的花字——

“少年园。”

从眺望镇上和附近的全景的望楼上，这回是挂下通红的大幅的布来。而且无日无夜，那尖角翻着风，烦厌地拍拍地在作响。

每天一向晚，便从露台上发出粗鲁的断续的歌声，沿着树梢流去。在这里面，感到了和这园全无关系的，大胆无敌的，然而含着不祥的一种什么东西了，希兰契便两手抱头，恰如嫌恶钟声的狗一样，左左右右摇着身体。

他的妻耐不住孤寂的苦恼了，拉住少年园的厨娘，讲着先前的大王苹果的收获，竟要塞破了板房的事，藉此出些胸中闷气的时候，那只是皱着眉头，默默无话的希兰契，这才开口了。

“你瞧，现在怎样呢，”他的妻怨恨地，悲哀地说。“还没有结成果子，就给虫吃掉了呀！”

“现在是！”希兰契用了不平的口气，斩截地说。“现在是，好像扫光了似的，什么也没有了……”

“老爷不在以后，简直好像什么也都带走了……”

“况且又闯进那些讨厌的顽皮小子来呀。”厨娘附和说。他们三个人就这样地直到就寝时刻，在叹息，非难，惋惜三者交融为一之中，吐着各自的愤懑。

穿着处处撕破了的裤子的顽皮小孩三个，爬到伸得很长的老苹果树的枝子上，又从那里倒挂下来，好像江湖卖艺者的骑在撞木上一般，摇摇地幌荡着；于是又骑上去，爬到枝子梢头去了。枝子反拨着不惯的重荷，一上一下地在摇，其间发出窣窣的声响，终于撕裂，那梢头慢慢地垂向地面去了。

小小的艺员们发一声勇敢的叫喊，得胜似的哄笑起来。那哄笑，起了快活的反响，流遍了全庭园。而不料叫声突然中止，纷纷钻着树缝，逃向别墅那边去了。

希兰契跑在后面追。他不使树干碰在头上，屈身跳过沟；用两手推开苹果树，钻过身体去。他完全像是追捕饵食的小野兽，避开了障碍，巧妙地疾走。他一面忍住呼吸，想即使有一点响动，敌手也不至于知道距离已经逼近；一面觉得每一跳，愤怒是火一般烧将起来，然而虽于极微的动作，也一一加以仔细的留意。

恐怖逼得孩子们飞跑。危险的临头，使他们的动作敏捷了十倍。互相交换着警戒似的叫喊，不管是荨麻的密处，是刺莓的畦中，没头没脑的跳去，一路折断着挡路的枝条，头也不回地奔去了。绊倒，便立刻跳起来，缩着头，蓦地向前走。

追在他们后面，希兰契跳进别墅的露台去的时候，顽皮孩子们都逃进房子里面了。于是，在流汗而喘气的花树匠之前，出现了不胜其愤慨似的瘦坏了的女教员的容范。

她扬着没有毛的眉头，惊愕似的大声说——

“阿呀，这样地吓着孩子，怎么行呢？你莫非发了疯！”

在希兰契，觉得这话实在过于懵懂，而且——凄惨而古怪的年青的女教员，也好像是可笑的东西。于是他的愤怒，便变成断续的，轻轻的威吓的句子，流了出来——

“我要将你们熏出这屋子去，像耗子似的……”

这一天，少年园的全体，因为有了什么事，都到市镇上去了。别墅便又如往日那样，仍复平和而萧闲。

日中时候，希兰契跑在门外。

先前呢，当这时节，是载着早熟的苹果的车，山积着莓子的篓的车，一辆一辆地接连着出去的。现在是路上的轮迹里，满生着野草，耳熟的货车的辘辘的声响，也不能听到了。

“简直好像是老爷自己全都带走了。”希兰契想。于是倦怠地去凝望那从砖造小屋那面，远远地走了过来的两个乡下人。

乡下人走到近旁，便问——这是谁家的果树园。

“你们是来干什么的呀？”

“因为说是叫我们掘松泥土去……”

“这来得多么早呀！”希兰契一笑。“因为现在都是苏维埃的人们了呵……”

于是一样一样，详细地探问之后，知道了那两人是到自己这里来的时候，他便说——

“那是，恐怕走错了！没有听到过这样的果园呀……”

“那么，到那里去才是呢？”

“连自己该去的地方都不知道……但是，我这里，是什么都妥当了。第二回的浇灌，也在三天以前做过了……怎么能一直等到现在呢！”

从回去的乡下人们的背后，投以短短的暗笑之后，他回到小屋里。于是想出一件家里的紧要事情来，将女人差到市镇去。

小鸟的喧声已经寂然，夜的静默下临地面的时候，希兰契走到干草房里，从屋角取出一大抱草，将这拿到别墅那面去了。

他正在露台下铺引火，忽然脚绊着主人的门牌。这是今春从门上除下，藏在干草房里的。他暂时拿在手里，反复转了一通，便深深地塞入草中，又去取干草了。

回到别墅来时，一路拾些落掉的枯枝，放在屋子的对面，这回是擦火柴了。干的麦秆熊熊着火，枯枝高兴地毕剥起来。

在别墅里点了火，希兰契便静静地退向旁边，坐在地面上。于是一心来看那明亮的烟，旋成圆圈，在支着遮阳和露台的木圆柱周围环绕。简直像黑色的花纱一般，装饰的雕镂都飒飒颤动，从无数的空隙里，钻出淡红的火来。

煤一样的浓烟，画着螺旋，仿佛要冲天直上了，但忽而好像聚集了所有的力量似的，通红的猛烈的大火，脱弃了烟的帽子。

房屋像蜡烛一般烧起来了。

但希兰契却用了遍是筋节的强壮的手，抱着膝，眼光注定了火焰，毫不动弹地坐着。

他一直坐到自己的耳畔炸发了女子的狂呼——

“希庐式加！你，怎的！这是怎么一回事？老爷回来看见了，你怎么说呢？”

这时候，他从火焰拉开眼光来，用了严肃的眼色，凝视了女人之后，发出倒是近于自言自语的调子，说——

“你是蠢货呀！你！还以为老爷总要回来的么？……”

于是她也即刻安静了。并且也如她的男人一样，用了未曾有过的眼色，凝视着火。

在两个苍老的脸上，那渐熄的火的蔷薇色影，闪闪地颤动着在游移。

穷苦的人们

A·雅各武莱夫 作

无论那一点，都不像“人家”模样，只是“窠”。然而称这为“人家”。为了小市民式的虚荣心。而且，总之，我们住着的处所是“市镇”。因为我们并非“乡下佬”，而是“小市民”的缘故。但我们，即“小市民”，却是古怪的阶级，为普通的人们所难以懂得的。

安特罗诺夫的一家，就是在我们这四近，也是最穷苦的人们。有一个整天总是醉醺醺的货车夫叫伊革那提·波特里巴林的，但比起安特罗诺夫一家子来，他还要算是“富户”。我在快到三岁的时候，就被寄养到安特罗诺夫的“家里”去了。因为那里有一个好朋友，叫作赛尼加。赛尼加比我大三个月。

从我的幼年时代的记忆上，是拉不掉赛尼加，赛尼加的父亲和母亲的。

——是夏天。我和赛尼加从路上走进园里去。那是一个满生着野草的很大的园。我们的身子虽然小，但彼此都忽然好像成了高大的，而且伟大的人物模样。我们携着手，分开野草，走进菜圃去。左手有着台阶，后面有一间堆积库。但园和菜圃之间，却什么东西也没有。在这处所，先前是有过马房的。后来伊凡伯伯（就是赛尼加的父亲）将它和别的房屋一同卖掉，喝酒喝完了。

我曾听到有人在讲这件事，这才知道的。

“听说伊凡·安特罗诺夫将后进的房屋，统统卖掉了。”

“那就现钱捏得很多哩。”

“可是听说也早已喝酒喝完了。”

但在我们，却是除掉了障碍物，倒很方便——唔，好了，可以一直走进菜圃里去了。

“那里去呀？”从后面听到了声音。

凯查伯母（就是赛尼加的母亲）站在台阶上。她是一个又高又瘦的女人。

“那里去呀，淘气小子！”

“到菜园里去呵。”

“不行！不许去！又想摘南瓜去了。”

“不呵，不是摘南瓜去的呀。”

“昨天也糟掉了那么许多花！是去弄南瓜花的罢。”

我和赛尼加就面面相觑。给猜着了。我们的到菜圃去，完全是为了摘取南瓜花。并且为了吸那花蒂里面的甘甜的汁水。

“走进菜园里去，我是不答应的呵！都到这里来。给你们点心吃罢。”

要上大门口的台阶，在小小的我们，非常费力。凯查伯母看着这模样，就笑了起来——

“还是爬快呀，爬！傻子。”

但是，安特罗诺夫的一家，实在是多么穷苦呵！一上台阶，那地方就摆着一张大条榻。那上面总是排着水桶，水都装得满满的。在桶上面，好像用细棍编就的一般，盖着盖子（这是辟邪的符咒）。大门口是宽大的，但其中却一无所有。门口有两个门。一个门通到漆黑的堆积间，别一个通到房子里。此外还有小小的扶梯。走上去，便是屋顶房了。房子有三间，很宽广。也有着厨房。然而房子里，厨房里，都是空荡荡。说起家具来，是桌子两张，椅子两把，就是这一点。除此之外，什么也没有了。

我和赛尼加一同在这“家”里过活，一直到八岁，就是大家都该进学校去了的时光。一同睡觉，一同啼哭。和睦地玩耍，也争吵起来。

伊凡伯伯是不很在家里的。他在“下面”做事。“下面”是有各种古怪事情的地方。在我们的市镇里，就是这样地称呼伏尔迦的沿岸一带的。夏天时候，有挑夫的事情可做。但一到冬，却完全是失业者。在酒场里荡来荡去，便成为伊凡伯伯的工作了。但这是我在后来听到，这才知道的。

凯查伯母也几乎总不在家里。是到“近地”去帮忙——洗衣服，扫地面去了。我和赛尼加大了一点以后，是整天总只有两个人看家的。

只有两个人看家，倒不要紧，但凯查伯母将要出门的时候，却总要留下两道“命令”来——

“不许开门。不许上炕炉去。”

我们就捉迷藏，拟赛会，拟强盗，玩耍一整天。

桌子上放着面包，桌子底下，是水桶已经提来了。

我的祖母偶或跑来，从大门外面望一望，道——

“怎样？大家和和气气地在玩么？”

我们有时也悄悄地爬到炕炉上。身子一暖，舒服起来，就拥抱着睡去了。或者从通风口（是手掌般大的小窗），很久地，而且安静地，望着院子。遏菲谟伯伯走了出来，在马旁边做着什么事，于是马理加也跑到那地方去了——马理加是和我们年纪相仿的女孩子。马理加的举动，我们总是热心地看到底的……

凯查伯母天天回来得很迟。外面早已是黄昏了。凯查伯母疲乏得很，但袋子里却总是藏着好东西——蜜饯，小糖，或是白面包。

伊凡伯伯是大抵在我们睡了之后才回来的，但没有睡下，就已回来了的时候却也有。冬天，一同住着，是脾气很大的。吃面包，喝水，于是上床。虽说是床，其实就是将破布铺在地板上，躺在那上面。我和赛尼加略一吵闹，就用了可怕的声音吆喝起来——

“好不烦人的小鬼！静下来！”

我和赛尼加便即刻静下，缩得像鼠子一样。

这样的时候，我就不知怎地，觉得这样那样，全都无聊了。于是连忙穿好外套，戴上帽子，回到祖母那里去。抱着一种说不出的悲怆的心情。

一到夏天，伊凡伯伯就每天喝得烂醉而归了。在伏尔迦河岸，夏天能够找到赚钱的工作。伊凡伯伯是出名的有力气的人。他能将重到廿五普特的货物，独自从船里肩着搬到岸上去。

有时候，黄昏前就回家来。人们将条榻搬到大门外，大家都坐着。在休养做了一天而劳乏了的身体。静静的。用了低声，在讲恶魔与上帝。人们是极喜欢大家谈讲些恶魔与上帝的事体的。也讲起普科夫老爷的女儿，还没有嫁就生了孩子。有的也讲些昨夜所做的梦，和今年的王瓜的收成。于是天空的晚霞淡下去了。家畜也统统归了栖宿的处所去……

听到有货车走过对面的街上的声音——静静的。

忽然，听得有人在很远的地方吆喝了。

静静地坐在条榻上面的人们便扰动起来，侧着耳朵。

“又在嚷了。是伊凡呵。”

“在嚷什么呢？这是伊凡的声音呀。一定是的。多么大的声音呵！”

喊声渐渐临近了。于是从转弯之处，忽然跳出伊凡伯伯的熊一般的形相来。

将没有檐的帽子，一直戴在脑后，大红的小衫的扣子，是全没有扣上的。然而醉了的脸，却总是含着微笑。脚步很不稳，歪歪斜斜地在跄踉。并且唱着中意的小曲。（曲子是无论什么时，定规是这一首的。）

于你既然
有意了的那姑娘，
不去抱一下呵
你好狠的心肠——

一走过转角，便用了连喉咙也要炸破的大声，叫道——

“喂，老婆！回来啰！来迎接好汉啰！”

坐在条榻上的人们一听到这，就愤慨似的，而且嘲笑似的说道——

“喂，好汉，什么样子呀！会给恶魔抓去的呵！学些得罪上帝的样，要给打死哩。”

但孩子们却都跑出来迎接伊凡伯伯了。虽然醉着，然而伊凡伯伯的回来，在我们是一件喜庆事。因为总带了点心来给我们的。

四近有许多孩子们，像秋天的树菌一样。孩子们连成圈子，围住了他。响亮的笑声和叫声，冲破了寂静。

喝醉了，然而总在微笑的伊凡伯伯，便用他的大手，抓着按住我们。并且笑着说——

“来了哪，来了哪，小流氓和小扒手，许许多都来了哪。为了点心罢？”

伊凡伯伯一动手分点心，就起了吵闹和小争斗。

分完之后，伊凡伯伯却一定说：“那么，和伯伯一同唱起来罢。”

新娘子的衣裳
是白的。
蔷薇花做的花圈
是红的——
我们就发出响亮的尖声音，合唱起来。
新娘子
显着伤心的眼儿，
向圣十字架呆看。
面庞上呵，
泪珠儿亮亮的发闪。

我们是在一直先前，早就暗记了这曲子的了。孩子们的大半——我自己也如此——这曲子恐怕乃是一生中所记得的第一个曲子。我在还没能唱以前，就记得了那句子的了。那是我跟在走过我家附近的平野的兵们之后的时候，就记住了的。

安特罗诺夫家的耳门旁边，站着凯查伯母。并且用了责备似的眼色来迎接伊凡伯伯了。

“又喝了来哩。”

那是不问也知道的。

凯查伯母的所有的物事，是穷苦。是“近地”的工作。还有，是长吁。只是这一点。

我不记得凯查伯母曾经唱过一回歌。这是穷苦之故。但若遇着节日，便化一个戈贝克①，买了王瓜子，或是什么的子来。于是到院子里，一面想，一面嗑。近地的主妇们一看见这，便说坏话道——

“瞧罢，连吃的东西也买不起，倒嗑着瓜子哩。”

于是就将嗑瓜子说得好像大逆不道一样。

——凡不能买面包者，没有嗑瓜子的权利——

这是我们“近地”的对于贫苦的人们的道德律。

然而凯查伯母是因为要不使我们饿死，拼命地做工的。即使是生了病，也不能管。只好还像健康时候一样做工。

---

① 卢布之百分之一，现约合中国二十文——译者。

有一回，凯查伯母常常说起身上没有力。然而还是去做事。是竿子上挂着衣服，到河里洗去了。这样地做着到有一天，回到耳门旁边时候，就忽然跌倒，浑身发抖，在地面上尽爬。近地的人们跑过来，将她抬进“家”里面。不多久，凯查伯母就生了孩子了……

实在是可怜得很。

即使在四近的随便那里搜寻，恐怕也不会发见比安特罗诺夫的一家更穷苦，更不幸的家庭的罢。

有一回，曾经有过这样的事。那是连墙壁也结了冰的二月的大冷天。一个乞丐到安特罗诺夫的家里来了。

我和赛尼加正在大一点的那间屋子里游戏。凯查伯母是在给婴儿做事情。这一天，凯查伯母在家里。

乞丐是秃头的高个子的老人。穿着破烂不堪的短外套。脚上穿的是补钉近百的毡靴。手里拿一枝拄杖。

“请给一点东西罢。”他喘吁吁地说。

凯查伯母就撕给了一片面包。（我在这里，要说几句我的诞生之处的好习惯。在我所诞生的市镇上，拒绝乞丐的人，是一个也没有的。有一次，因为一个女人加以拒绝，四近的人们便聚起来，将她责备了。）

那乞丐接了面包片，画一个十字。我和赛尼加站在门口在看他。乞丐的细瘦的脸，为了严寒，成着紫色。生得乱蓬蓬的下巴胡子是可怜地在发抖。

“太太，给歇一歇，可以么？快要冻死了。”乞丐呐呐地说。

“可以的，可以的。坐在这条榻上面罢。”凯查伯母答道。

乞丐发着怕人的呻吟声，坐在条榻上面了。随即背好了他肩上的袋子，将拄杖放在旁边。那乏极了的乞丐脸上的两眼，昏得似乎简直什么也看不见，恰如灰色的水洼一般。在脸上，则一切音响，动作，思想，生活，好像都并不反映。是无底的空虚。他的鼻子，又瘦又高，简直像瞧楼模样。

凯查伯母也抱着婴孩，站了起来。看着乞丐的样子，说——

“你是从那里来的？”

老人呐呐地说了句话，但是听不真。忽然间，剧烈地咳嗽起来了。接连着咳得很苦，终于伏在条榻上。

“唉唉，这是怎的呵，”凯查伯母吃惊着，说。

她将婴孩放在摇篮里，便用力抱住了老人，扶他起来。

老人是乏极了的。

“冻坏了……”老人说，嘴唇并不动。“没有法子。请给我暖一暖罢。”

“哦哦，好的好的。上炕炉去。放心暖一下。”凯查伯母立刻这样说。“我来扶你罢。”

凯查伯母给老人脱了短外套和毡鞋。于是扶他爬上炕炉去。好不容易，他才爬上了炕炉。从破烂不堪的裤子下面，露出了竿子似的细瘦的两脚。

我和赛尼加就动手来检查那老人的袋子，短外套和毡鞋。

袋子里面只装着一点面包末。短外套上爬着淡黄色的小东西——那一定就是那个虫了。

“客人的物事，动不得的！”凯查伯母斥止我们说。

她于是拾起短外套和袋子，放在炕炉上的老人的旁边。

五分钟之后，我和赛尼加也已经和老人同在炕炉上面了。那老人躺着。闭了眼睛，在打鼾。我和赛尼加目不转睛地看定他。我们不高兴了。老人占据了炕炉的最好的地方，一动也不动。我们就不高兴这一点。

“走开！”

“给客人静静的！”凯查伯母叫了起来。

但是，那有这样的道理呢？却将家里的最好的地方，借给了忽然从街上无端跑来的老头子！

我和赛尼加简直大发脾气了。两个人就都跑到我的祖母那里去——

过了一天，过了两天。然而老人还不从炕炉上走开。

“阿妈，赶走他罢。”赛尼加说。

“胡说！”凯查伯母道。“什么话呀。那老人不是害着病么？况且一个也没有照料他的人。再胡说，我要不答应你的呵!”

于是炕炉就完全被老人所占领了。

老人在炕炉上，一天一天衰弱下去。好像死期已经临近似的。

“哪，老伯母，”凯查伯母对我的祖母说。“那人是一定要死的了。死起来，怎么好呢?”

“那是总得给他到什么地方去下葬的。”我的祖母静静地答道。“又不能就摆在这些地方呀。”

来了一个老乞丐，快要死掉了——的传闻，近地全都传开了。于是人们就竭力将各种的东西，送到凯查伯母这里来。有的是白面包，有的是点心。人们一看见那老人，便可怜地叹息。

“从那里来的呢?”

“不知道呀。片纸只字也找不出。”

“怕就是要这样地死掉的罢?”

然而老人并没有死掉。他总是这样地躺在炕炉上，活着。

这之间，三四礼拜的日子过去了。有一天，老人却走下了炕炉来。瘦弱得好像故事里的“不死老翁”似的，是一看也令人害怕的样子。

凯查伯母领他到浴堂去，亲自给他洗了一个澡。

并且很诚恳地照料他各种的事情。他的病是全好了，现在就要走了罢，炕炉又可以随我们的便了——我和赛尼加心里想。

然而，虽然并不专躺在炕炉上面了，老人却还不轻易地就走出去。

他扶着墙壁，走动起来。缒着拄杖，呐呐地开口了——

“真是打搅得不成样子，太太。”

“那里的话。这样的事情，不算什么的。”

“可总应该出去了。”

“那里去呀？连走也还不会走呢？再这样地住着罢。”

“可是，总只好再到世界上去跑跑呵。”

“不行的呵。就是跑出去，有什么用呢？住几时再去罢。”

就这样子，老人在安特罗诺夫的家里，和大家一同过活了。他总像什么的影子一样，在家里面徘徊。片时也不放下拄杖。拄杖是茁实的榆树，下端钉着钉。钉在老人走过之后的地板上，就留下雕刻一般的痕迹。一到中午和晚上的用膳时候，老人也就坐到食桌面前来，简直像一家人模样。摆在食桌上面的，虽然天天一定是白菜羹，但是，这究竟总还是用膳。

对于老人，伊凡伯伯也成了和蔼的好主人了。

“来，老伯伯，吃呀。”

“我么？不知怎的，今天不想吃东西。”

吃完之后，大家就开始来谈各样的闲天。老人说他年青时候，是曾经当过兵的。伊凡伯伯也是当兵出身。因此谈得很合适。两个人总是谈着兵队的事情。

“怎样，老伯伯，吸一筒罢?”

伊凡伯伯说着，就从烟荷包里撮出烟丝来。

“给你装起来。”他将烟丝满满地装在烟斗里，递给老人道——

“吸呀。”

于是老人说道——

“我有过一枝很好的烟管，近来不知道在那里遗失了。”

夏天到了，太阳辉煌了起来。老人能够走出院子里去了。他终日坐在耳门的旁边。而且用那没有生气的眼，看着路上的人们。也好像在沈思什么事。

我从未听到凯查伯母说过老人的坏话。给他占领了炕炉上面，即家里的最好的处所，在食桌上，是叫他坐进去，像一家人一样。——对于这老人，加以这样的亲密的待遇，究竟有什么好处呢?

时时，老人仿佛记得了似的，说——

“总得再到世界上去跑跑呵。”

一听到这，凯查伯母可就生气了——

“这里的吃的东西，不中意么?乱撞乱走，连面包末屑也不会有的呵。”

凯查伯母是决不许老人背上袋子，跑了出去的。

伊凡伯伯每夜都请他吸烟。有一回，喝得烂醉，提着烧酒的瓶回来了。一面自己就从瓶口大口地喝酒，一面向老人说道——

“大家都是军人呀。军人有不喝酒的道理么？咱们都是肩过枪，冲过锋的人。咱们都是好汉呀。对不对？来，喝罢！”

老人被他灌了不会喝的酒，苦得要命。

有一时候，只有一次，伊凡伯伯曾经显出不高兴的相貌，呵斥了这客人。

“这不是糟么。这样地伤完了地板！给我杖子罢。”

伊凡伯伯从老人接过拄杖来，便将突出的钉，敲进去了。

老人就这样地在安特罗诺夫的家里大约住了一年多。

要给一个人的肚子饱满，身子温暖，必需多少东西呢？只要有面包片和房角，那就够了。但对于老人却给了炕炉。

是初秋的一个早晨。凯查伯母跑到我的祖母这里来了。

“老伯伯快要死掉了哩！”

祖母吃了一惊，不禁将手一拍。

于是跑到种种的地方，费了种种的心思。将通知传给四近。

就在这晚上，老人死掉了。

四近的人们都来送终。一个老女人拿了小衫来。有的送那做尸衣的冷纱，有的送草鞋。木匠伊理亚·陀惠达来合了棺材。工钱却没有要。遏菲谟·希纳列尼科夫借给了自己的马，好拉棺材到墓地去。又有人来掘了墓穴。都不要钱——

“体面”的葬仪举行了。

一到出丧的时候，邻近的人们全到了，一个不缺。并且帮同将棺材抬上货车去。还有一面哭着的。

凯查伯母去立了墓标。那里办来的钱呢，可不知道。总之，是立了墓标了。

这些一切，是人们应该来做的。不肯不做的。

竖 琴

V·理定 作

快些，歌人呀，快些。

这里有黄金的竖琴。

莱尔孟多夫——

早上。水手们占领了市镇。运来了机关枪，掘好壕堑。躺了等着。一天，又一天。药剂师加莱兹基先生和梭罗木诺微支——面粉厂主——，是市的委员。跑到支队长的水手蒲什该那里去。蒲什该约定了个人，住宅，信仰，私产，酒仓的不侵。市里放心了。在教会里，主唱是眼向着天空唱歌。梭罗木诺微支为水手们送了五袋饼干去。水手们是在壕堑里。吸着香烟。和市人也熟识起来了。到第三天，壕堑里也住厌了。没有敌人。傍晚时候，水手们便到市的公园里去散步。在小路上，和姑娘们大家开玩笑。第四天早晨，还在大家睡着的时候，连哨兵也睡着的时候——驶到了五辆摩托车，从里面的掩盖下跳出了戴着兜帽的兵士。放步哨，在邮政局旁大约射击了三十分钟。于是并不去追击那用船逃往对岸的水手们，而占领了市镇。整两天之间，拽住户，罚行人，将在银行里办事，毫无错处的理孚庚枪毙了。其次，是将不知姓名的人三个，此后，是五个。夜里在哨位上砍了两个德国人。一到早上，少佐向市里出了征发令。居民那边就又派了代表来，加莱兹基先生和梭罗木诺微支。少佐动着红胡子，实行征发了。但到第二天，不知从那里又开到了战线队，砍了德国人，杀了红胡子少佐——将市镇占领了。从此以后，样样的事情就开头了。

战线队也约定了个人和信仰的不侵。古的犹太的神明，又听到了主唱的响亮的浩唱——但是，在早上，竟有三个坏人将旧的罗德希理特的杂货店捣毁了。日中，开手抢汽水制造厂。居民的代表又去办交涉。军队又约了不侵。——然而到晚上，又有三个店铺和梭罗木诺微支自己的事务所遭劫。暴动是九点钟开头的，——到十一点，酒仓就遭劫——于是继续了两昼夜。在第三天，亚德曼队到了。彻夜的开枪。——到早上，赶走了战线队，亚德曼队就接着暴动。后来，绿军将亚德曼队赶走了。于是来了蓝军——乔邦队。最后，是玛沙·珊普罗瓦坐着铁甲摩托车来到。戴皮帽，着皮袄，穿长靴，还带手枪。亲手枪毙了七个人，用鞭子抽了亚德曼，黑眼珠和油黏的卷发在发闪……自从玛沙·珊普罗瓦来到以后，暴动还继续了三昼夜——总计七昼夜。这七天里，是在街上来来往往，打破玻璃，将犹太人拖来拖去，拉长帽子，偷换长靴……犹太人是躲在楼顶房或地下室里。教会呢，跪了。教士呢，做勤行，教区人民呢，划了十字。夜里，在市边放火了，没有一个去救火的。

十七个犹太人在楼顶房里坐着。用柴塞住门口。在黑暗中，谁也不像还在活着。只有长吁和啜泣和对于亚陀那的呼吁。——你伟大者呀，不要使你古旧之民灭亡罢——而婴儿是哭起来了——哇呀，哇呀！生下来才有七个月的婴儿。——听我们罢，听罢……你们竟要使我们灭亡么？……给他喝奶罢。——我这里没有什么奶呀……——谁有奶呢，喂，谁这里有奶呢？给孩子喝一点罢，他要送掉我们的命了……——静一静罢，好孩子……阿阿，西玛·伊司罗蔼黎，静着，你是好孩子呀……——听见的罢，在走呢，下面在走呢，走过去了……——如果没有奶，我可真不知道怎么办才好了——按住那孩子的嘴罢，按住那孩子的嘴罢，不给人们听到那么地……——走过去了。走了许多时。敲了门。乱踢了柴。走过去了。

穿着棉衣，眼镜下面有着圆眼睛的年青的男人，夜里，在讲给芳妮·阿里普列息德听。——懂了么，女人将孩子紧紧的按在胸脯上，紧按着一直到走过去了之后的——待到走过之后，记得起来，孩子是早已死掉了……我就是用这眼睛在楼顶房里看见的。后来便逃来了——我一定要到墨斯科去。去寻正义去……正义在什么地方呢？人们都说着，正义，是在墨斯科的。

芳妮和他同坐在挂床下的地板上。她也在回墨斯科。撇下了三个月的漂流和基雅夫以及阿兑塞的生活——芳妮是正在归向陀尔各夫斯基街的留巴伯母那里去……货车——胀满了的，车顶上和破的食堂车里，到处绑扎着人们和箱子和袋子的货车——慢慢地爬出去了。已经交冬，从树林漂出冷气，河里都结了冰。火车格格地响了，颠簸了。人掉下去了。挂床格格地响了——替在挂床上的短发姑娘拉过外套去。那是一位好姑娘。忽然间，火车在野地里停止了。停到有几点钟。停到有一昼夜。旅客挑了锯子和斧头在手里，到近地的树林里去砍柴。到早上，烧起锅炉来。柴木滴着树液，压了火，很不容易烧。火车前去了。夜也跑了。雪的白天也跑了。到夜里，站站总是钻进货车的黑暗中来。是支队上来了。用脚拨着搜寻，乱踢口袋一阵。在叫作“拉士刚那耶”这快活的小站里，将冻死人搬落车顶来。外套好像疥癣。女人似的没有胡子的脸。鼻孔里结着霜。再过一站——水手来围住了。车也停止了。说是没有赶走绿军之间，不给开过去。绿军从林子里出来，占领了土冈。在土冈上，恰如克陀梭夫模样——炮兵军曹凯文将手放在障热版上，眺望了周围。火车停在烧掉了的车站上。旅客在货车里跳舞。水手拿着手溜弹，在车旁边徘徊。夜里，有袭击。机关枪响。手溜弹炸了——是袭击了土冈。到早上，将绿军赶走了。火车等着了。车头哼起来了。前进了。于是又经过了黑的村落，烧掉了的车站，峡间的雪，深渊等——俄罗斯，走过去了。

这么样子地坐在挂床下面走路。回到陀尔各夫斯基街去的芳妮和药剂师亚伯拉罕·勃兰的儿子，因寻正义而出门的雅各·勃兰。在他们的挂床底下，有着支队没有搜出的面包片。吃面包，掠头发。雅各·勃兰说——多么糟呀……连短外套都要烧掉的罢。

墨斯科的芳妮那里，还有伯父，有伯母。有白的摆着眠床的小屋子，有书。——芳妮听讲义。后来，来了一个男人。是叫作亚历山大·希略也夫的，刮了胡子，有着黑的发火似的眼和发沙的有威严的声音的男人。开初，是随便戴着皮帽，豁开着外套的前胸的。——但后来向谁抛了一个炸弹以后——三天没有露面，这回是成了文官模样跑来了——为了煽动，又为了造反，动身向南方去了——那黑的发火似的眼，深射了芳妮的心。抛了讲义，抛了伯母，抛了白的小屋子——跟着他走了。放浪了。住在有溜出的路的屋子里。夜里，也曾在间道上发抖——从谁（的手里）逃脱了。住在基雅夫。住在阿兑塞——后来，又向谁抛了炸弹。夜里，前来捉去了赛希加。早晨，芳妮去寻觅了。也排了号数，做祷告——寻觅了五天。到第六天，报纸上登出来了。为了暴动，枪毙了二十四个人。亚历山大·希略也夫，即赛希加，也被枪毙了……

雅各·勃兰说——大家都来打犹太人，似乎除打犹太人以外，就没有事情做。——入夜，月亮出来了，在雪的土冈上的空中辉煌。第二天的早晨，市镇耸立在藤花色的雾气里，是墨斯科耸立着了。火车像野猪一般，蹒跚着，遍身疮痍地脏着走近去。从车顶上爬下来。在通路上搜检口袋，打开饼干。泥泞的地板上，外套成捆的躺着。街市是白的。人们拉着橇。女人争先后。在广场里，市场显得黑黝黝。雅各·勃兰拖着芳妮的皮包和自己的空的一个，一路走出去。眼睛在眼镜后面歪斜了。脏的汗流在脸上了。运货摩托车轰轧着。十字广场上，半破的石膏像屹立着。学生们在第二段上慌张。一手拿书籍一手拿着火烧的柴。挨先后次序排好了。许多工夫，经过了长的街道。许多人们在走。张了嘴在拉，拖，休息。孩子们拿着卷烟，在角落里叫喊。店铺的粉碎的玻璃上，发了一声烈响，铁掉下来了。骑马的人忽而从横街出现了。拿着枪。飘着红旗。马喷着鼻子——颠簸着跑过去了。居民慌忙走过去，不多久，露在散步路上的普式庚（像）的肩上，乌鸦站着了。芳妮是听过罗马史的讲义的，有着罗马人的侧脸的志愿讲师，在拉那装着袋子的小橇。从袋子里漏着粉。他的侧脸也软了，看去早不像罗马人了。大张着嘴巴。——他站住了，脱一脱帽。冲上热气来。雅各·勃兰到底将芳妮的皮包运到升降口了。揩着前额，约了再会，握手而去了。向雪中，向雾中，提着自己的空空的皮包，寻求着正义。雅各·勃兰做了诗，他终于决计做成一本书，在墨斯科出版——雅各·勃兰已经和血和苦恼和暴动告别——他开始新的生活了。

芳妮将皮包拖上了五层楼。楼阶上挂着冰箸。房门格格地响。从梯盘上的破窗门里，吹进风来。留巴伯父，莱夫·留复微支·莱阿夫，先前是住在三层楼上的，后来一切都改变了。先前是主人的住房的三层楼上——现在是住着兑穆思先生。运货摩托车发着大声，从郊外的关门的多年的窠里，将他撕下来了。——渥乎罗司先生是三天为限，赶上了上面的四层楼——这就是，被赶到和神相近，和水却远，狭窄的地方去了。但是，刚刚觉得住惯，就被逐出了。五层楼的二十四号区里，和留巴伯父一起，是住着下面那样的人们——眼下有着三角的前将军札卢锡多先生（七号室）。军事专门家琦林，以及有着褪色的扇子和写着"歌女慈泼来微支·慈泼来夫斯卡耶"的传单，和叫作喀力克的蓝眼睛的近亲的私生子，穿着破后跟靴子的小公爵望德莱罗易的慈泼来微支·慈泼来夫斯卡耶（十三号室）。然而，无论是渥乎罗司先生，兑穆思先生，戏子渥开摩夫先生，有着灰色眼珠，白天是提着跳舞用的皮包跑来跑去的梭耶·乌斯班斯卡耶小姐——都一样地显着渴睡的脸，在好像正在战斗的铁甲舰一般冒烟的烟通的口，从拉窗钻了出来的房屋的大房里，站着——拿了茶器和水桶，在从龙头流出的细流，敲着锡器的底之间，站着。

留巴伯父办公去了，不在家。伯母呼呼地长吁了。芳妮哭了。用了晚餐。芳妮叙述了一通。军事专门家在间壁劈柴。对于芳妮，给了她一块地方。在钢琴后面支起床来。她隔了一个月，这才躺在干净的被窝里了。床没有颤动。半夜里，因为太静，她醒了。想了——小站，暗，雨，黄色的电灯，满是灰沙的湿湿的货车，——小站的风，秋天的，夜半的俄罗斯。黑的村，电柱潮湿的呻吟着，暗，野，泥泞。

芳妮到早上，为了新的生活醒来了。留巴伯父决计在自己这里使用她——打打字机。傍晚，芳妮被家屋委员会叫去了。在那地方被吩咐，到劳动调查所去，其间没有工作的时候，就去扫街道。早晨七点钟，经过了灰色的街，被带去了。走了。跨过积雪了。终于在停车场看见飘着红旗了。许多工夫，沿着道路走。碰着风卷雪堆了。在那里等候拿铲来。等了一点钟，铲没有来。又被带着从别的道路走。叫她卸柴薪……到傍晚，芳妮回家了。伯母给做了炸萝卜，给喝茶。芳妮温暖了。冰着的窗玻璃外，下着小雪。她想着新生活——刚才开始的劳动的生活。过去——是恋爱和苦恼。过了一天，她已经在留巴伯父在办公的公署里，打着打字机了。有身穿皮外套的女职员。十二号室前的廊下，是（人们）排着班。私室里，在皮的靠手椅子上，是坐着刮光胡子，大鼻子的军事委员。用红墨水，在文件上签名。访问者揩着前额，欣欣然出去了。过一天，戚戚然回来了。他拿来的文件上，是污墁着证明呀签名呀拒绝呀的血。在地下室的仓库里，傍晚是开始了分配。各羊肉二磅，蜂蜜一磅，便宜烟草一袋。公署是活泼地活动了。造豫算，付粮食，写报告——管理居民间的烟草的分配。从七点到七点，排在班里，站着一个可怜相的老头子。等出山了，得了一个月的自己的份儿。满足着出去了，为了将世界变烟，钻在窠里，打鼾，咳嗽。

一到夜，戏子渥开摩夫便在院子里劈柴。前面是房子的倒败的残余和悬空的梯子。月和废墟，乌鸦和竖琴——全然是苏格兰式的题目。独立的房屋已被拆去，打碎了。月亮照着瞎眼的窗。渥开摩夫在劈柴，唱歌——您的纤指，发香如白檀兮……搬柴上楼，烧火炉。在火边伸开两腿，悠然而坐，有如华饰炉边的王侯。只要枯煤尚存，就好。靠家屋委员会的斡旋，从国库的市区经济的部分给与了八分之一——带小橇去拉来了——但还有一点不好，就是从此以后，两脚发抖，不成其为律动运动了。是瓦尔康斯基派的律动运动呀。渥开摩夫在出台的剧场，是律动底的——渥开摩夫虽在三点钟顷，前去的素菜食堂里——他也始终还是律动底的。无论是对着那装着萝卜馅的卷肉的板的态度，对着账桌的态度，对着小桌子的态度。于是锡的小匙，在手中发亮，杂件羹上——热气成为轻云，升腾了起来。

留巴伯父看着渥开摩夫的巧妙地劈柴。瓦尔康斯基的事情，是一点都不知道的。但是，有一晚，渥开摩夫全都说给他听了。就是，关于舞台上的人们呀，以及人生之最为重要者，是 rhythm（律动）呀这些事。留巴伯父第二天和军事委员谈了天。同志渥开摩夫便得到招请，到那倘使没有这个，则一切老头子和烟草党也许早经倒毙了的公署里，去指导演剧研究。……渥开摩夫第一次前往，示了怎样谓之身段的时候——而渥开摩夫虽然是高个子，青面颊，眼珠灰色的男人——即刻集得了十八位男人和八位女人来做协力者。于是在第二天，又是十八位和八位。研究时间一完，都不回去，聚在大厅里。在大厅里，有镜子和棕榈和传单和金色椅子。渥开摩夫首先说明的，是一切中都有谐和，世界本身就是一个谐和。于是提议，做起动作来看罢。伸开右脚的小腿，伸长颈子的筋肉，将身体从强直弄到自由——教大家团团地走——大家团团地走了，使筋肉自由，又将筋肉紧张了，是轻快的，自由的，专一的……渥开摩夫是每星期做三回练习。于是到第三回完，大家就已经成为律动底了。在电话口唱歌似的叫“喂，喂”了。会计员的什瓦多夫斯基刮了胡子，绑起裹腿来了。先前是村女一般穿着毛皮靴子走的交换手们，这回是带了套靴来穿上，浓浓地擦粉，使头发卷起来了。——在大厅上，是拿着花圈，古风地打招呼了。

每星期三四，七点钟来接渥开摩夫。不是肉类搬运车，就是运货摩托车。上面戴着包头布，硬纸匣，打皱的帽子和刮过须而又长了起来的颊，渥开摩夫不是在车底上摇着，就是抓住别人的肩，张了两腿站着。运货摩托车叫着，轧着，走向暗中，向受持区域去。在戛戛发响的车站上，早又有人等着了。还是黑一条白一条的打扮。于是一面穿衣服，一面走过来——车子是这样地将他们往前送，为了发沙声，搽白粉，教初学。两幕间之暇，搬出茶来。也有加了酸酸的果酱的面包片。戏子们吃东西，喝茶……车夫忽然说，车有了障碍了。从勃拉古希到哈木扶涅基，戏子们自己走。抱着硬纸匣，沿着墙壁走。那保孚罗跛，穆尔特庚，珂弥萨耳什夫斯卡耶的一班……

渥开摩夫得了传票，叫他带着被卧，锅子，盘子去。是叫他一星期之间，去砍柴。他前去说明白。廊下混杂着许多人。渥开摩夫说，自己是艺术家，美术家，是在办教育。一个钟头之后，从厌倦而悄然的人们旁边走出去了。是受了命令，此后也还是办教育。札卢锡多也得了一样的传票。眼下有着暗淡的将军式三角的他，便许多工夫，发沙声，给看带着枪伤的脚。蓝色的他是满足着回来了。他孤独地住着。时时从小窗里，伸出斑白的脑袋去，叫住鞑靼人。头戴无边帽子的鞑靼人进来了。显着信心甚深的脸相，来看男人用的裤子。摸着，向明照着。摇头而打舌了。将军发了沙声，偷眼去瞥了。暗咽唾沫了。鞑靼人恭恭敬敬地行过礼，拿了袋子出去了。将军将钱藏在地板下，穿上破破烂烂的红里子的外套——只有靴子是有铜跟的将军靴——走出门外面去了。人们在旁边走过。在行列里冷得发抖。群集接连着走。女人们，拿着箱子，扎着衣裾的男人们，接连着走。——用了大家合拍的步法走过去。而忽然——音乐，从后面，是吹奏管乐队的行进——在上面，合拍地摇着通红的棺衣。在红棺中——是有节的白的鼻，黑的眉，既归平静，看见一切而知道一切者，漂在最后的波上。军队走过了。白的脸漂去了。摇摆了。乐队停奏了。奏了庄严的永远的光荣了。死人在缺缺刻刻的壁下，永远朽烂。为了在十一月的昏黄中，听取花的磁器底的音响，而被留遗了……

札卢锡多当傍晚时分，在没有火气的屋子里，用了突成筋节的带青的手，写了——“重要者，是在力免于饿死也。有减少运动之必要。须买鱼油。否则缺少脂肪矣。似将驱旧军官于一处，而即在其处了之。然有可信之风闻，谓虽集合于展览圣者遗骸之保健局展览会，而在忙于观察之诸人面前，有文官服饰之教士等大作法事云。然则可谓以死相恫吓也。假使连络线而不伸长也，则一月之中，墨斯科可以占领。一队外国兵可以侵入，乃最确实之事也，今日已变换赤旗之位置——乃伟大之成功，亦空前之略取也。然而重要者，乃得免于饿死也。不当再买白糖。白糖者——奢侈品也。是当惯于无甜味而饮茶之时矣……”将军发出沙声来，吐了长吁。壁的那面，慈泼来微支·慈泼来夫斯卡耶筒了外套躺着。这时候，蓝眼睛的喀力克，小望德莱罗易公爵，虽然为老妪们所驱逐，却还在蹩来蹩去，拾集木片，从废屋的废料里，拉出板片来。将板壁片，纸片，路上检来的小枝等，装在袋里，拿回来了——火炉烧起来了。小公爵蹲着烘手。红的火照着蓝的眼，母亲一样的紫花地丁色的眼——是一个平稳的，聪明的，知道了人生的碧眼小老翁。

纽莎——制造束腰带的，住在慈泼来微支·慈泼来夫斯卡耶先前住过的二楼上。结了婚，得到四十亚尔辛①的布匹。现在很想早点生孩子，再得到布匹和孩子的名片。丈夫在外面，运粉，筹钱。纽莎毫不难为情地走过，将这里九年之间在家中驯熟的，那大名写在红的

① 俄国尺度名，一亚尔辛约中国二尺四寸余——译者。

纸片上的，有名的慈泼来微支·慈泼来夫斯卡耶的先前的住所的房门，用英国式的钥匙开开了。后来，纽莎突然在楼上的有花圈而无火气的屋子里出现。仅罩头巾，站在门口，平静地说，因为愿意用麦粉做谢礼，请教给她唱歌。慈泼来微支·慈泼来夫斯卡耶在她面前张了腿站定，想喷骂她。然而闭了嘴，好像吃了一惊似的，什么也不回答。纽莎嘲笑着跑掉了。白天，慈泼来微支·慈泼来夫斯卡耶筒在外套里躺着。夜里，是望德莱罗易公爵咬牙齿，几乎要从两脚的椅子上抬起那疲乏的头来。他而且还做了认真的，少年老成的梦。第二天早上，她显着浮肿的脸起来了，吩咐他去叫纽莎来。纽莎说身体不舒服，请她自行光降罢。慈泼来微支·慈泼来夫斯卡耶又咬了一回牙关，但罩上头巾，走下去了。一个钟头之后，到留巴伯母这里来借称。纽莎学唱了。慈泼来微支·慈泼来夫斯卡耶将麦粉装进袋中，挂在钉上，免得招鼠子。

雅各·勃兰是带着旅行皮包，游历公署了。上了五层楼，等候轮到号数。钻过那打通了的墙壁，从这大厅走到那大厅。探问了。又平稳，又固执，又和气——盖他此时终于已在一切同等，谁也不打谁，不砍谁的地方——廉价办公，以劳动获得面包的地方了。女职员们是吵闹，耸肩，从这屋追到那屋——他呢，唠叨地热心地又跑来，非到最后有谁觉得麻烦，竟一不小心，给用妙笔写了——付给可也——之后，是不干休的。到底，付给雅各·勃兰了。就是付给了生活的权利，得有在那下面做事，写字，思索的屋顶的权利了。是停车场旁的第三十四号共同住宿所，先前的“来惠黎”的连带家具的屋子十七号。雅各·勃兰欣欣然走过萨木迪基街，萨陀斐耶街，搬了皮包。傍晚，他坐在没有火气的屋子里了。壁纸后面，有什么东西悉悉索索地作响，滚下去了，在枕头边慢慢地爬了一转。白天里，在花纸上见过的——拿着大镰刀的死，出来了。给爬在文件上，点了火，唏唏地叫，焦黄，裂碎了……

雅各·勃兰决了心，要坚执地来使生活稳固。为自己的事，走遍了全市镇。无论谁，都有工作，都有求生的意志。雅各·勃兰在街上往来，停在街角思索。人们几乎和他相撞，跳开走了。他（故乡）的市镇里，是什么人也不忙，什么地方也不忙的。关在家里——暴动之际，是躲起来了。虽有做诗的本子，诉苦的胃囊。但还是勇敢而不失希望的他，是走而又走了。在空地，砖头，铁堆，冻结而没有人气的店铺和人列的旁边……在灰色的独立屋里，是升腾着苦的烟，坐着打打字机，穿外套的女职员。雅各·勃兰走向靠边的女人那里，去请教她，倘要受作为著作家的接济，应该怎么办才好。接济，在他是万不可缺了。还说，否则，他是不来请托的哩。女职员也想了一想，但将他弄到别的办事桌去了。从此又被弄上楼去了——于是他走上楼去了。被招待了。翻本子了。结果是约定了商量着看罢，问一问罢，想一想罢。说是月曜日再来罢。到月曜日，他去了。再拿出诗来看。是坐着无产者出身的诗人们的屋子。于是他说，自己也是无产者出身，自己的祖父是管水磨的。——诗被接受，约定了看一看再说。到水曜日，将对于他的接济拒绝了。但在这时，他已经找到了别的高位的公署。他好像办公一般，每天跑到那边去，等在客厅里，写了请求书。要求给他作为无产诗人的扶助和接济和稿费。到金曜日，一切都被拒绝了。就是，对于接济，对于稿费，对于扶助。然而给了一件公文，教到别的公署去。那地方是，从阶上满出，在路上，廊下，都排着长蛇之阵了。雅各·勃兰便跟在尾巴上。日暮了。阵势散了。第二天早晨，他一早就到，进去是第一名，许多工夫读公文，翻转来看，侧了头。终于给了一道命令书。凭着黄色的命令书，雅各·勃兰在闭锁了的第四付给局里，领到了头饰和天鹅绒的帽子。在自己的房里，他戴着这帽子，走近窗口去。屋顶是白白的。黄昏是浓起来了。乌鸦将胸脯之下埋在雪里洗澡。市镇和自己全不相干。这里也和别处一样，并无正义存在。雅各·勃兰觉得精力都耗尽了。他躺在床上，悟到了已没有更大的力量。在半夜里，走上一只又大又黑，可恶的鸡到他这里来，发出嘎声叫。他来驱逐这东西。但鸡斜了眼睛瞪视着，张了嘴，不肯走。将近天明，因为和鸡的战斗，他乏极了。指头冰冷了。头落在枕上，抬不起来了。大的，白的虱子，到他这里来了。雅各·勃兰是生起发疹伤寒来了。过了两天，被搬走了。傍晚，他的床上，是从维迪普斯克到来的两个军事专门家，像纸牌的“夹克”一般躺着了。

芳妮是在办公。从公署搬运羊肉，蜂蜜和便宜烟草。公署是活动，付给。连络线伸长了。地图上的小旗像索子似的蜿蜒了。札卢锡多静对着地图，发出沙声，记录了。

“二星期之后，前卫殆将接近防寨矣。委市街于炮击则不可。应中断铁路——而亦惟有此耳。昨在郊外，又虽在中央，亦有奇技者出现。若辈有宛如磁器之眼，衣殓衣，以亚美利加式之弹镄，跃于地上者高至二亚尔辛。且大呼曰——吾乃不被葬送者也——云。此即豫兆耳。吾感之矣。吾感之矣。”

留巴伯母对于芳妮，将离家的事，希略也夫的事，都宽恕了。傍晚，留巴伯父读了新训令。留巴伯母长太息了。芳妮坐在钢琴后面的自己的地方。窗户外面，是十一月在逞威。雪片纷飞了。埋掉了过去，恋爱，情热。留巴伯父这里，常有竖起衣领，戴着羊皮帽的人前来，在毫无火气的廊下走来走去。在那地方窃窃商量。留巴伯母说——那个烟草商人又来了——有一天的夜里，是芳妮已经睡在钢琴后面，伯父和伯母都睡下了，黑的屋子全然睡着了的深夜里，有人咚咚地叩门。留巴伯父跳了起来。声音在门外说——请开门呀——留巴伯父手发抖了。有痣的善良的下巴，凛凛地跳了。旋了锁。阻挡不住了。进来了。一下子，一涌而进。皮帽子和水手的飘带，斑驳陆离。——将屋子翻了身。在伯母的贮藏品也下手了。将麦粉撒散了。敲着烟通听。站上椅子去。——将文件，插着小旗的札卢锡多的地图，札卢锡多，留巴伯父，对面的房里的渥开摩夫，全都扣留，带去了。小望德莱罗易公爵躲在衣橱里，因为害怕，死尸似的坐着。天亮之前，将全部都带去了。在雪和风卷雪和风里。

芳妮一早就跑到军事委员那里去。军事委员冷淡地耸耸肩胛，并不想帮忙。芳妮绝望，跑出来了。想探得一点缘由，但什么也捉摸不到。她什么地方也没有去。是灰色的一天。从嘴里呼出白的气息来。灰色的一天之后，来的又是一样的灰色的一天。——接连了莫名其妙的一星期。留巴伯母躺着。芳妮各处跑着，筋疲力尽了。又各处跑着。第三星期，札卢锡多被开释了。因为是酒胡涂，老头子，没有害处的。教他将退职军官的肩章烧掉。札卢锡多从牢监经过街道，单穿着一只铜跟的靴子走回来了。还有一只是捉去的时候，在路上失掉了的。在路角站住。淋了冷水似的上气不接下气了。在墙上，钉着告捷的湿湿的报纸。在广场上，有着可怕的全体钢铁的蝎子，围绕着红的小旗子，正在爬来爬去。将群众赶散了，是穿木靴，披外套，短身材的，坦波夫，萨玛拉，威多地方的人们，白军的乡下佬。乡下佬们跳跃，拍肚子，吹拳头，满足而去了。到露营地去，去劳动去。——最紧要者——是当机关枪沈闷地发响时，不要一同来袭击……

追赶了敌人。敌人逃走了。札卢锡多站在路角上，读了湿湿的报章。有和音乐一同走过的人们。骑马，持矛。教会没有撞钟。札卢锡多总算蹩到家了。上了五层楼，歇在窗台下……走进房里躺下了。望德莱罗易公爵为他烧了两天的火炉。给不至于冻坏。

留巴伯父是一连八天，坐在阶沿碎得好像投球戏柱的屋子里。也有被摔进来的，也有被带出去的。从窗户吹进风来。天一晚，就爬下黑黑的臭虫。是在顶缝上等候（人们）睡觉的。这就爬下来了。第十三天，和别人一起，也教留巴伯父准备。坐在运货摩托车上带去了。是黑暗的夜。拿枪的兵士站在两旁。在牢监里，留巴伯父和律动家而先前的军官的渥开摩夫遇见了。握手，拥抱。并排住起来。在忘却的模模糊糊的两天之后，竟给与了三个煎菜和两个煮透的鸡蛋。——留巴伯父忘了先后，两眼乱瞇，失声哭起来了。将一个煎菜和鸡蛋给了渥开摩夫，一起坐着吃。加上了许多盐。为回忆而凄惨。渥开摩夫是因为隐匿军官名义和帮助阴谋而获罪的。前一条是不错的——渥开摩夫自招。但于第二条，却不承认。他说，音乐会里，自然是到过一回的，但那款子，是用来弥补生活费了——案件拖延了。留巴伯父的罪名，是霸占。——留巴伯父满脸通红，伸开臂膊。然而牢监里面，也有烟草商人的。就是竖起衣领，时时来访的那些人……

开审之际，讯问渥开摩夫——职业呢？——戏子——这以前呢？——是学生——没有做过军官么？——也做过军官。——反革命家么？——是革命家，在尽力于革命底艺术的——判事厌倦地说了——知道的呀，在教红军的兵卒嗅麻药的呵。朗吟么？——不，是演剧这一面——水曜日的七点半，渥开摩夫被提，要移送到县里去了。渥开摩夫收拾了手头的东西，告过别。说是到县里一开释，就要首先来访的……带过廊下，许多工夫，从通路带出去了。吹进风来，很寒冷。在窗外，有着暗淡的空庭。有着十一月。

关于渥开摩夫，第二天贴在墙上的湿湿的报纸上，载着这样的记事——前军官，反革命家，积极底帮助者，演剧戏子。——这一天，太阳浮出来了，天空是蓝的。从前线上，运到战利品。广场上呢，早有三辆车。又是高高地将红的棺木运走了。死尸的鼻孔里，塞着棉絮。札卢锡多在这一天是这样地写了。“联络线已伸长矣，后方被截断矣。一切归于灭亡矣。本营之远隔，足以致命，乃明了之事也。一切将亡。一切将亡。鱼油业经售罄，无处可购。风闻凡旧军官，虽有年金者，亦入第四类，而算入后方勤务军。即使扫除兵舍，厕所及其他之意也……不给面包已五日矣。不受辱而地图被收者幸也……”——晚间，望德莱罗易公爵到他那里烧火炉去了。札卢锡多正在窗边，站上椅子，要向架上取东西。望德莱罗易公爵向他说话了。他听不见。他便碰一碰他的腿。不料脚竟悬了空。摆了。踏不到椅子了。望德莱罗易公爵发一声尖叫，抱头窜出了。

过了两天，威严的，年青相的，有着竹节鼻和百合色指甲的札卢锡多是在教堂里，由命令书，躺在官办的棺中了。助祭念念有词。教士烧起了香。香烟袅袅地薰在熏香上。没有派军队来。这也是由命令书而没有派来的。派定四号屋的用人拉小橇。于是就搁在柴橇上，拉去了。很容易拉。道路是滑滑地结着冰。拉得乏了，便坐在棺上吸烟草。札卢锡多听着橇条的轧轹声，年青相了，在棺盖下返老还童了。

有魅力的，蓝眼珠的梭耶·乌斯班斯卡耶，提着皮包跑到自己的跳舞学校的她——从贴在墙上的报纸上，看见了渥开摩夫的姓名——于是忽然打寒噤，咬嘴唇。虽然缘分不过是汲水的时候，并排了一回，和他一面劈柴，听过一回他唱道“您的纤指，发香如白檀兮……”但在梭耶·乌斯班斯卡耶那里，是有着温柔的，小鸟似的，易于神往的心的，即使在一切混乱和臭气之中，也竭力在寻求着为自己的小港。渥开摩夫之名，已经就是悲剧底的，被高扬了的灭亡。——梭耶便将他设想为久经期待而永久暌离的人了。……梭耶已经用趾尖稳稳地走路。一面赶快走，一面用指头按着嘴唇，而且决心要向一个人，去讲述一切的真实，其人为谁，乃是住在官办的旅馆里，坐着摩托车出入，然而仿佛地位一样低微似的等候她，一直送到家里的其人也。傍晚，梭耶到旅馆去了。讨了通行券，将证明书放在肩头。走上红阶梯，敲了磨白玻璃的门户。她不能不将心里想着的事，通盘说出来——锋利地，直截地滔滔地，——纵使因此负了怎样的罪，也不要紧。然而房里坐着两个人，桌子上还有茶。那人似乎吃惊了，但也就脸上发亮，献上茶来，说请喝呀。梭耶不喝。并且说，这来是有一点事情的。那人又说请喝茶呀。座中拘谨了。客人沈默了。梭耶从茶杯喝茶了。那人用了善良的，蕴蓄爱情的眼看她了。梭耶问了些不相干的事，喝干了茶，要回去了。她自己悲伤到要下泪。她为了茶和质问，憎恶自己了。然而他却送她一直到廊下，从手套的洞里，在她那暖热的小小的手掌上接吻了。梭耶跨下一段阶沿，忽然说——我并不是为了这样的事来的……什么都讨厌了，这样地生活，是不能的，我已经不愿意看见你，我是来说这些的。为什么渥开摩夫遭了枪毙的呢？——觉得他和自己都可怜，眼泪流到面庞来了——那个渥开摩夫呀？——那人惊着问，——渥开摩夫呀，做戏子的……？——渥开摩夫是什么人呢，不知道呀。——那人说——在过渡期，是要××的……革命是粗暴的呀。——梭耶很想说，怎样都好，革命倘在过渡期，这样也好。但我是不愿意再看你，也不要你再跟来跟去了。然而她什么也没有说，跑下去了。第二天的傍晚，他到学校里来接她。她不开口。和他出来了。很想再说一回，不再和他到什么地方去。——然而车夫已经开了门。来不及说了。她坐上车。温暖了。黑的，软软的风，在三月里散馥。星星的银色的霉，已经浮了上来。摩托车开走了。街市的尽头，在雪和空旷中吐气。梭耶想，这是完了。弄到那么样，还是不成。她想，没有报答可爱的，温柔的，最为敏感的那人的，最后的临终的微笑。

芳妮那里，忽然来了一个惠涅明勃鲁尼，是赛希加，即亚历山大·希略也夫的朋友。戴着皮帽子，留着黑的短髭须。颊上有一直条的伤痕。芳妮领到钢琴后面的自己的处所。勃鲁尼说，他们的中央委员会，要给死掉的伙伴报仇。亚历山大·希略也夫的名，登了英魂录，再也不会消灭了。关于报仇的事，则对芳妮说，不久就会知道。于是义务已尽，去了。芳妮许多工夫，注视着贴在证明书上的被人乱弄了的照相。赛希加的面庞上，写着号数，蓝的。芳妮哭了。——其时勃鲁尼也在奔波。

伤痕发紫了。勃鲁尼上了久经冷透了的屋子的六层楼。敲了门，而在外面倾听。门开了。牙医生的应接室里，坐着垒文，格里戈尔克，波式开微支。举事大约期在明天的十二点。一切都计划好，准备好了。为了给希略也夫报仇，为了恐怖手段，为了制药室，为了委员会的财政充足——都必须有钱。武力抢劫的事，早经考究好，调查好，周密地计划好了。一个钟头之后，勃鲁尼出去了。又是执拗地，伤疤发着紫，在街上走。第二天的两点半，七个人坐着摩托车到了横街的公署前。两个把门，两个到中庭，三个上楼上。算盘毕毕剥剥地在响。出纳课员站在金柜旁。女职员在喝汤。格里戈尔克走上前，用手枪对着，叫擎起手来。勃鲁尼和波式开微支打了出纳课员的头。他跌倒了。动手将成束的钞票抛进口袋去。出纳课员忽然跳起，抱着头，爬一般，电光形地（走着）要逃跑。格里戈尔克对脊梁开一枪。出纳课员扑地倒下了。交换手们发了尖利的叫喊。有谁跑向边门了。一下子攻来了。——格里戈尔克解开带子，跳了出去。一切都跳了，被撒散了。灰尘，玻璃，——他们跳下了阶沿。从上面掷下法码和算盘来。——摩托车已经动弹了。他们赶到，抓住，跳上了，——摩托车将他们载去了。突然从门里面跳出人来，曲下一膝便掷——格里戈尔克坐着一回头，铜元打中了他的面庞。流出血来了。追的紧跟着。马夫打马。勃鲁尼伸着臂膊，不断的开枪。——弯进了积雪的横街里，——摩托车滑了。车轮蹒跚了，被烟包住了。马匹追到，橇里面外套（的人们）杀到了。勃鲁尼跳了下来，提着口袋跑，闯过门，跳过短墙。后面跑着波式开微支，不料坐下了，躺倒了，——又是爆发，掉下——叱咤，玻璃……勃鲁尼逃出了，回过头去看。波式开微支想跟着他攀上墙——不意横着掉下短墙去，倒在雪里了。勃鲁尼仍然走。铁门关着。他走近门，想推开它。然而门是从里面支住的，走不过。他还在中庭跑了一转，蹲在脏水洼的僻处了。——天空很青，沈闷，是酿雪天。勃鲁尼还等候了一些时。从一角里听到蹄声了。他将枪口含在嘴里，扳了发火机。

街上是孩子们奔跑，窥探。载在大橇上——七个穿短外套的罗马诺夫皇帝党员被运走了。大家叠起来躺着。兵卒拿着枪口向下的枪，跟着走。马匹步调整齐地进行。勃鲁尼躺着，脸伏在别人的肩上。

一切烟草商人，都有家族的。烟草商人是明于法律的人们，而且没有破绽的。——留巴伯父却相反，乱七八糟，第一回审问的时候，早就胡涂了。一切都于他不利。他被提出去审问了九回。九回的陈述都不一样。到第二个月，因为要判决浮肿的，须髯蓬松，衰弱了的他，便经过市街，带出去了。留巴伯父被夹在两个兵卒间，坐在白的大厅的椅子上。对面，是军事委员摆着架子，毫不知道他似的坐着。旁听人里面，也有已经释放了的烟草商人。白白的，寡言的芳妮，和慈泼来微支·慈泼来夫斯卡耶小姐坐在一起。不多久，摇铃了。挟皮包的检事，立刻叫留巴伯父，称为寄食者，读过他混乱的所有的陈述，又示了烟草商人的陈述——市民莱夫留复微支·莱珂夫者，是盗贼，是寄食者——检事对于他，要求处以极刑。这之后，律师开口了。什么都不否认，单单请求宽大。指出他的职务，还说到悔悟和老年。裁判官去了。商议了。芳妮用了乌黑的看不见的眼睛，看着前面。留巴伯父浮肿着——铁青，动也不动地坐着，好像早已死掉了似的。烟草商人在廊下吸烟草。裁判长回来了。又摇铃。大家又都归座，肃静了。在窗门外，有机器脚踏车停下了。裁判长宣告了。赞成了检事的提议，判决了极刑。

慈泼来微支·慈泼来夫斯卡耶将芳妮载在街头马车上，带了回来。芳妮走上五楼，见了伯母。哭得倒在椅子上了。一到夜，就躺在钢琴后面的自己的地方了。月亮的角，在窗的那边晃耀。竖琴吟哦了。望德莱罗易公爵在两人之旁守夜。挂下了穿着补钉袜子的细细的脚，在椅子上打起磕睡来。夜已深，深且尽了。竖琴昏暗，月亮下去了。快活的，年青相的留巴伯父走近枕边来，微笑着，用冰冷的手指，抚摩了芳妮的面庞。

慈泼来微支·慈泼来夫斯卡耶还在教纽莎学本领。纽莎拿着卷起来的乐谱，站在钢琴旁，钢琴上面，挂着对于钢琴呀，房子呀，物件呀的保管证。这是家宅搜查的结果，因为是女流声乐家，许可了这些的东西的。近来，纽莎上音乐会，即舞台去了。已经登记了。有着保持皮衣呀，金刚钻呀——听众的赠品的权利。纽莎的丈夫和保健部员一同搬了麦粉来。麦粉呢，在市场上，被争先恐后的买去了。于是纽莎便买了海獭的外套，买了挂在客厅里的A·伊瓦梭夫斯基所画的细浪和挂帆的船。她到“星”社去出演了。和最好的优伶并驾，得了成功。在夜里，他们一同在运货摩托车里摇摆了一通。不自由，寒冷，而且狭窄，但是幸福的。为了艺术，将做戏子的苦痛熬过去了。在降诞节这一天，有夜会。和出场者一同，优伶们也被招请。肚饿的优伶们便高高兴兴，冻红着鼻子跑来了。在食桌上，有鹅，酒，脏腑做馅的馒头之类。优伶们快乐到忘形。时时嚷起来，很是骚扰。纽莎唱了。慈泼来微支·慈泼来夫斯卡耶伴奏。散会的时候，纽莎在大门口将两片鹅肉用纸包着塞给慈泼来微支·慈泼来夫斯卡耶，当作演奏的谢礼。她生了气，很想推回去，但将鹅肉收下了。夜间，小望德莱罗易公爵大嚼鹅肉。幸福地笑了起来。因为吃饱，塞住了呼吸，咳嗽了。

雅各·勃兰那里，后来黑鸡也还进来了八回，在每晚上。现在，他已经认识这鸡，也知道到来的时刻了。可恶的鸡愤然的走来，啄他。——他总想将这鸡绞死，满身流汗。但因为心脏跳得太剧烈，没有办妥，便失神了。在周围呻吟，谗谤，徘徊——已被捉住，又回了原样。到第九天的夜里，鸡不来了。他这才睡得很熟。心脏安静，不跳了。到早晨，在太阳，白的窗，又黄又脏的公物的被单下，他看见了骨出崚嶒的自己的枯瘦的膝髁。他衰弱，焦黄，胡子长长了。觉得肚子饿。白的虱子远退了。雅各·勃兰留住了性命，又想爱，工作，生活起来。过了两星期，焦黄的他，才始带了丁字仗，走出门外去。是温和的天。灰色的积雪成着麻脸。在石路上，乌鸦以三月的叫喊在啼。雅各·勃兰带了丁字杖行走。他的心脏是衰弱，向众人开放着的。然而一切人们，都急急忙忙地走过去了。第三十四号共同住宿所呢，一星期之后，便交还了他的旅行皮包。屋子的期限满了的。那地方是军事专门家之后，早住进了一位穿了男人用的长统靴子，跑来跑去的姑娘。雅各·勃兰弄得连在那下面做事，写字，思索的屋顶也没有了。他虽然觉得喘不过气来，但还蹩到曾说给他印诗的公署去。公署里面依然是烟尘陡乱。女职员们大家在谈天。——做书记的无产诗人，却是新的。是黑黑的，乱头发的男人。乱翻纸匣，询问姓名，拉开抽屉。究竟寻到了。诗是定为发还的。雅各·勃兰领了诗，戴上天鹅绒帽子。他没有地方可以过夜。到傍晚，他接在免费食堂的长蛇的尾巴上，喝了浮着菜叶小片的热汤。夜里寻住宿。街是暗的。在三月的暗中，风吹着商店和咖啡店的破玻璃在作响。雅各·勃兰站在一所大房子的昏暗的升降口，向阶下的先前是门房的角落里，钻了进去。寻得一点干草——背靠着墙酣睡了。

到天明，他很受了冻。两脚伸不直了。于是拄了丁字杖，蹒跚着走。潮湿的，三月的，劳动的日子开头了——雅各·勃兰蹩到了芳妮的处所。芳妮穿了黑的丧服在大门口迎接他，但一时竟记不起他来。暂时之后，便拍手，引他到自己的角落里，诉说悲哀……雅各·勃兰在火炉旁边暖和了。看看在小小的拉窗外面袅着的烟。并且说——这里也并无正义。在这里，也依然只有饿死，是做得到的。况且没有一个认识的人，谁也不加怜悯。对于我，并无接济，倒是给了一顶无边帽。我是直到现在，没有戴过什么无边帽子的。要怎么活法才好呢？——芳妮给他在廊下的箱子上铺了一个床，到复元为止。雅各·勃兰便躺在箱子上勉力复元，吟咏。他的脸发亮，眼镜后面有大眼睛了。他决了心，要回到故乡的市镇去。在那里虽然并无正义，却也没有饿殍。一星期之后，一无所有地，只提了一空空的旅行皮包，他告了别，动身了。芳妮送给他煎菜的小片和面包，在路上可以充饥。傍晚，和群集一同，在叫唤，呐喊，射击之中，他从车站攻向通路来。在路上失了丁字杖。黑的火车顶上，已经躺着许多人。梯子上也挂着。攻向破掉的车窗去。雅各·勃兰挨了一推。他要跌倒了。抓住了谁的肩。打他的手了，然而死抓着——踏了谁的肩，爬进车子里面了。车里面是漆黑。他抓住在一个包裹上。——跌倒了——地板上躺着人们。在什么地方的椅子底下的角落里，占了一个位置。将小行李枕在头下，便瘫掉了。不多久，火车头哼起来，客车相触，作响——列车走动了。脚从梯子上伸出着。车顶上面，是在作过夜的准备。死掉的都市，留在后面了。前面呢——道路，旷野，雪。在火车站上，在半夜里，新的客涌进客车来。从上面打他们。后面有声音。开起枪来了。雅各·勃兰闭了眼睛，躺着。正在回家，回故乡。

雅各·勃兰的故乡的市镇上，首先驻在的是白军。后来，绿军到了。此后是玛卢沙·乔邦队，战线队，亚德曼队，最后将一切驱逐，粉碎，而红军开来了。非常委员会到来了。非常委员会即刻着手于扫荡。枪毙了水兵和战线队的余党，枪毙了玛卢沙，枪毙了公证人亚格里柯普罗。暴动停止了。吓怕了的犹太人爬了出来，聚在角落里商量，摇手。落葬了。算账了。非常委员会占领了广场的汽水制造厂的房屋，在升降口和大门口，站起哨兵来。骑马兵在街上往来，查证票，押送被捕者。日本人，耶沙，坐在铺皮的橇上，戴着皮的无边帽，手枪袋插在带子上，来来往往。没有多久，犹太人便又消声匿迹了。商店依然是破玻璃。日曜的早晨，群集将市场围绕了。大家接连地购买了。乡下人不再将麦粉和奶油和鸡蛋运到市上来。狡猾起来，就在村子里交易了。捉去了只一条裤，而穿着旧的溜冰鞋的人五个——审问之后，送到投机防止局去了。日曜日之夜，市镇里有家宅搜查。搜查银钱，农产物，逃亡者。银钱只发见了一点儿，但农产物很不少。逃亡者的一群，被捉去了。天一亮，亲近的人们就在门前成了长蛇阵。

市镇上突有檄文出现。谁散的呢，无从知道。那上面是写着这样意思的事的。——诸君的一伙，在等候诸君。新政府保有面包和法律和正义，保护农民，保护地主，和暴动战斗，和犹太底压制战斗——总而言之，是说，保护大家的权利的。非常委员会便颁发戒严令，放哨兵，夜里是派巡察。在雅各·勃兰回到故乡的市镇的前天，阴谋败露，帮助者被捕，市镇是弄得天翻地覆了。

这之间，载着雅各·勃兰的火车也在爬，停，等待铁路的修好，于是仍复向前爬。车头损坏了，在旷野里等候送了新的来。夜里，出轨了——有谁抽掉了枕木——又修理，走动了。——在客车里，是蜷缩，说昏话，快要死了。到车站上，是搬了出去，放在堆货的月台上。到底，在早晨，火车竟到了故乡的市镇。雅各·勃兰爬出来了。跄踉着，忙乱了。饱吸了空气。破了玻璃的车站；架在澄清的小川上的木桥；两株蓬松的白杨；和处处挂着死了似的招牌的，开始融化的，脏的，湿的市街相通的道路，他都认识的。粮食店前，早晨一早就排着人列了。被挨挤，在寒颤。在广场上，是整列着不眠的，穿着衣角湿透的外套的兵卒。从监狱里，在带出拿着铲子的犯人来。家家的铠门都关着。绿色的，红色的，灰黑色的房子——木造——还在睡觉。商店街上，挂着红色的招牌——第一号仓库，第七号仓库，第十二号仓库——全是公有。街角上站着一个戴阔边帽，有白鬈发的犹太人。就是站着，惘惘地看望。他的嘴唇在发抖，喃喃地自语。

雅各·勃兰走到了熟识的，蓝色的，窗窗有花的老家，扣了许多工夫门。门终于由一个戴耳环的兵卒来开了。问什么事。雅各·勃兰想走进家里去。然而兵卒大声说，这房子已经充了公，事务所是十点钟开始办事。雅各·勃兰看看门。于是看见了白的招牌，是——本部事务所。——一个钟头之后，他从拉萨黎大街的亲戚那里，知道了父亲是还在乔邦队驻扎此地的时候，退往基雅夫，从此看不见人，也没有信；他的房子充了公，物品也都充公了。雅各·勃兰便暂且住在厨房里。第二天，阴谋的清算人跑到时，他就被捕，交给了非常委员会。雅各·勃兰坐在汽水制造厂的先前的佣人房里了。又从这里拉出去了。替换是另外摔进一个新的来。早上，他被带到裁判官那里去了。裁判官动着耳朵，嗅空气，用一只眼睛看。他问，你不是和乔邦队一同逃走了的勃兰的儿子么？为什么跑来了，而且现在？为什么不来登记的？在你皮包里的公家的帽子，是从那里得来的？雅各·勃兰回答了。裁判官细着眼嘲笑，拿铅笔来玩了。雅各·勃兰说完的时候，他在一角上小小地写下了。雅各·勃兰被带走了。他没有入睡，过了一夜。消雪的水滴，橐橐地在滴下来。春天到了。三月的月亮在辉煌。他张了眼睛，躺着。风无所不吹拂。雅各·勃兰想了。悲伤了。却镇静。做了诗。竖琴在风中吟哦。吹响了弦索。雅各·勃兰用手支着颐，想了一会，于是用了咬碎的铅笔片，写在壁上了——

静的风，溶的雪，
有一个人来我前，
喝了歌儿了……

亚克与人性

E·左祝黎　作

一　告示贴了出来

房屋和街道都像平常一样。天空照旧蓝映映的，显着它那一世的单调。步道石板的面具也还是见得冷淡而且坚凝。忽然间，仿佛起了黑死病似的，这里的人们从那脸上将偌大的泪珠落在浆糊盆里了。他们在贴告示。那上面所写，是简明，严厉，无可规避的。就是：

全体知照！

本市居民的生存资格，将由格外严办委员会所设之三项委员会分区检查。医学的及心理学的查考，亦于同地一并举行。凡认为毋庸生存之居民，均有于二十四小时内毕命之义务。在此时期中，准许上告。其上告应具呈文，送至格外严办委员会之干部。至迟在三小时后即可予以答覆。倘有毋庸生存之居民，而因意志薄弱或爱惜生命，不能自行毕命者，则由朋友，邻人，或特别武装队执行格外严办委员会之判决。

注意：

1. 凡本市居民，应绝对服从格外严办委员会之办法与断结。对于一切讯问，应有明确之答词。其有认为毋庸生存者，则各就其性格，制成调查录。
2. 所颁发之命令，必以不折不挠之坚决，彻底施行。凡有人中赘物，妨害正义与幸福之基础上之人生改造者，均除去不贷。命令遍及于一切市民，无论男女贫富，决无例外。
3. 在施行检查生存资格期间，无论何人，均不准迁出市外。

二 激昂的第一浪

"你读了么?"

"你读了么?!"

"你读了么!!? 你读了么?!!"

"你见了么!? 你听到了么!?"

"你读了么?!!"

这市里到处聚集起人堆来。交通梗塞了。人们忽然脱了力，靠在墙壁上。许多人哭起来了。晕过去的也不少。到得晚上，这样的人们就上了可惊的数目。

"你读了么?"

"可怕！吓人！连听也没有听到过!"

“但其实是我们自己选举了这格外严办委员的，是我们自己交给了他们一切全权的！”

“对，这是真的。”

“错的是我们自己的胡涂透顶。”

“这是真的，我们自己错。但我们是意在改良生活的呀。谁料得到那委员会竟这样吓人的简单地来解决这问题呢？”

“由委员会里的那一伙人！由那一伙人！”

“你怎会知道？名单已经发表了么？”

“一个熟人告诉我的！亚克选上了会长！”

“什么！亚克么？这多么运气呵！”

“真是。实在的！”

“多么运气呵！他的人格是干净的！”

“自然！我们用不着担心了：这将真只是除去那人们里的废物！不正要没有了！”

“你说下去呀，可贵的朋友，你怎么想，人们肯给我生存么？我是一个好人！船要沉了的时候，二十个船客跳到舢板上去，我就是一个，你想必一定知道的。舢板载不起这重量，大家都要没命了。必得五个人跳下水，来救那十五个。我就在这五个里。我自动的跳在海里了。你不要这么怀疑的看我呀。我现在是老了，没有力气了，但那时却是年青，勇敢的。你那时没有听到这件事么？所有的报上都登载过的。别的四个都淹死了。只有我偶然得了救。你看来怎么样，人们肯给我生存下去么？”

“还有我呢，市民？我？我将我的一切东西都给了穷人。这是一直先前的事了。我有文件的证据。”

“我不知道。这都和格外严办委员会的立场和目的是不相合的。”

“你让我来告诉你罢，可敬的同乡，单于自己的关系人有用处，是还不能保证这人的生存资格的。倘使这样，那就凡有看管小孩的傻丫头，也都有生存的权利了。这事情过去了！你多么落伍呵！”

“那么，人类的价值，是在什么地方呢？”

“人类的价值，是在什么地方呢？”

“这我可不知道。”

“哦，你不知道！你既然不知道，为什么向我们来讲讲义的？”

“对不起，我只说我所知道的罢了。”

“市民们！市民们！瞧呀！瞧！人们在这么跑！暴动了！恐怖了！”

“阿呀，我的心呵！我的心呵！阿呀，上帝呵！救救罢！救救罢！”

“停下！站住！”

“不要扩大恐怖！”

“站住！”

三　大家逃走

人堆在街上逃过去。红颜的少年在奔跑，脸上显着无限的骇怕。从商店官署出来的规矩的人员。穿着又白又挺的衬衣的新女婿。男子合唱队里的脚色。绅士。说书人。打弹子的。看电影的晚客。钻谋家。无赖汉。白额卷发的骗子。爱访朋友的闲人。硬脖子。斗趣的，流氓，空想家，恋爱家，坐脚踏车者。阔肩的运动家，饶舌家，欺诈家，长发的伪善家，疲乏的黑眼珠的无谓的忧郁家，青春在这后面藏着冰冷的空漠。唇吻丰肥而含笑的年青的吝啬家，没有目的的冒险家，吹牛家，兴风作浪家，善心的倒运人[①]，伶俐的破落户。

肥胖的，好吃懒做的女人们在奔跑。瘦长的柳枝子，多话，懒散，风骚。呆子和聪明人的老婆，多嘴的，偷汉的，嫉妒的和鄙吝的，但现在都在脸上显着惶急。因为太闲空了，染染头发的傲慢的痴婆，以及可爱的堂客，还有那孤单，无靠，不识羞，乞怜的无所不可的娼妇，都为了惊愕，将那一向宝爱下来的容姿之美失掉了。

瘦削的老翁，大肚子的胖子，弯腿的，高大的，漂亮的，废人们在奔跑。经租帐房，当铺掌柜，监狱看守，

① 隐语，指偷儿——译者。

洋货商人，和气的妓院老板，分开了褐色发的马夫，因为欺瞒和卑鄙而肥胖了的家主，打扮漂亮的博徒，凸肚的荡子。

他们成了挤紧的大群，向前在奔跑。百来斤重的汗湿淋淋的衣服，带住着他们的身体和手脚。从他们的嘴里，吐出浓厚的热气来。诅咒和哀鸣，令人耳聋的响彻了寂静的搬空了的房屋。

许多人带着自己的东西在奔跑。用了弯曲的手指，拖着被褥，箱笼和匣子。抓起宝石，小孩，金子，叫喊着，旋转着，两手使着劲，又跑下去了。

但人们又将他们逼回来了。像他们一类的人们，来打他们，迎面而来，用手杖，拳头，石块打，用嘴咬，发着极可怕的喊声，于是这人堆就逃了回来，抛下了死人和负伤者。

到傍晚，市镇又恢复了平常的情形。人们抖抖的坐在自己的房中，钻在自己的床上。在狭小的，热烈的脑壳里，就像短短的尖细的火焰一样，闪出绝望底的希望来。

四　办法是简单的

“你姓什么？”

“蒲斯。”

“多大年纪？”

"三十九。"

"职业呢?"

"我是卷香烟的。"

"你要说真话呵!"

"我是在说真话呀。我忠实的做工，并且赡养我的家眷，已经十四年了。"

"你的家眷在那里?"

"在这里。这是我的老婆。还有这是我的儿子。"

"医生，请你查一查蒲斯的家眷。"

"好。"

"怎样?"

"市民蒲斯是贫血的。一般健康的状态中等。他的太太有头痛病和关节痛风。孩子是健康的。"

"好，你的事情完了，医生。市民蒲斯，你有什么嗜好呢，你喜欢的是什么?"

"我喜欢人们，尤其是生命。"

"简单些，市民蒲斯，我们没有闲工夫。"

"我喜欢……是的，我喜欢什么……我喜欢我的儿子……他拉得一手好提琴……我喜欢吃，但我的胃口是不大的……我喜欢女人……街上有漂亮的妇人或者姑娘走过的时候，我喜欢看看……我喜欢，在晚上，如果倦了，就睡觉……我喜欢卷香烟……一点钟我要卷五百枝……我喜欢的还多哩……我说喜欢生命……"

“镇定些罢，市民蒲斯，不要哭呀。心理学家，你看怎样呢？”

“这是脓包，朋友，这是废料！是可怜的存在！气质是一半粘液质，一半多血质，活动能力很有限。最低等。没有改良的希望。受动性百分之七十五。他的夫人还要高。孩子是一个蠢才，但是，也许……你的儿子几岁了，市民蒲斯，你还是不要哭了罢！”

“十三岁。”

“你放心就是。你的儿子还可以活下去，延期五年。至于你呢……这是我管不到的。请你判决罢，朋友！”

“以格外严办委员会之名：为肃清多余的人中废物以及可有可无之存在物，有妨于进步者起见，我命令你，市民蒲斯，和你的妻，均于二十四小时之内毕命。静静的！不要嚷！卫生员，你给这女人吃一点什么镇定剂罢！叫卫兵去！一个人是对付她不了的！”

五　灰色堂的调查录

灰色堂在格外严办委员会的大堂的走廊上。像一切厅堂一样，有着平常的，结实的，严肃而质朴的外观。深和广虽然都不过三码，但却是一两万性命的坟墓。这里标着两行短短的文字：

赘 物 的 目 录

性 格 调 查 录

目录分为好几个部门，其中有：

“能感动，而不能判断者。”

“小附和者。”

“受动者。”

“无主见者。”

以及其他种种。

性格状做得很简短而且客观。其中有许多处所，用着讽刺的叙述，而且在末尾看见会长亚克的红铅笔的签名，还批注道，凡赘物，人们是无须加以轻蔑的。

这里是几种调查录：

赘物第一四七四一号

健康中等。常去访问那用不着他而且对他毫无兴味的熟人。不听忠告。盛年之际，曾诱引一个姑娘，又复将她撇掉。一生的大事件，是结婚后的置办家用什物。头脑昏庸而软弱。工作能力全无。问他一生所见，什么是最有趣的事情，他就大讲巴黎的律芝大菜馆。最下等的俗物。心脏弱。限二十四小时。

赘物第一四六二三号

箍桶为业。等级中等。不爱作工。思想常偏于反抗精神最少的一面。体质健康。精神上患有极轻微的病症：怕死。怕自由。在休息日和休息时，酒喝得烂醉。在革命时期中，显出精悍的活动：带了红带，收买马铃薯以及能够买到的东西，因为恐怕挨饿。以无产阶级出身自夸。对于革命，他并没有积极底的参加：抱着恐怖。喜欢打架。殴打他的孩子。人生的调子：全都是无味的。限二十四小时。

赘物第一五二〇一号

通八种语言。说得令听者打呵欠。喜欢那制造小衫扣和发火器的机器。很自负。自负是由于言语学的知识的。要别人尊敬他。多话。对于实生活，冷淡到像一匹公牛。伯乞丐。因为胆小，在路上就很和蔼。喜欢弄死苍蝇和另外的昆虫。觉得高兴的时候很少。限二十四小时。

赘物第四三五六号

她如果觉得无聊，就带了小厮出去逛。暗暗地吃着乳酪和羹里的脂肪。看无聊小说。整天的躺在长椅子上。最高的梦：是一件黄袖子的，两边像钟的衣服。一个有才能的发明家爱了她二十年。她不知道他是什么，只当他电气机器匠。给了他一个钉子，和制革厂员结婚了。无子。无端的闹脾气，哭起来。夜里醒过来，烧起茶炊，喝茶，吃物事。限二十四小时。

六　办公

一群官僚派的专门家，聚在亚克和委员会的周围了。医生，心理学家，经验家，文学家。他们都办得出奇的神速。已经达到只要几个专门家，在一小时以内，便将几百好人送进别一世界去的时候了。灰色堂中，堆着成千的调查录，而公式的威严和那作者的无限的自负，就在这里面争雄。

从早到夜，一直在这干部的机关里办公事。区域委员来来往往。执行判决的科员来来往往。像在大报馆的编辑室里似的，一打一打的人们，坐在桌前，用了飞速的，坚定的，无意识的指头在挥写。

亚克将他的细细的，凝视的眼睛，一瞥这一切，便用那惟有他们自己懂得的思想，想了起来，于是他的背脊就驼下去，他的乱蓬蓬的硬头皮也日见其花白了。

有一点东西，生长在他和官员们的中间，有一点东西，介在他的紧张的无休息的思想，和执行员们的盲目的无意识的手腕中间了。

七　亚克的疑惑

有一天，格外严办委员会的委员们跑到干部的机关来，为的是请亚克去作例行的演讲。

亚克没有坐在平日的位置上。大家搜寻他，但是寻不到。大家派使者，打电话，但是寻不到。

过了两小时之后，这才在灰色堂里发见了他了。

亚克坐在堂里的被杀了的人们的纸坟上，用了不平常的紧张，独自一个人在沈思。

“你在这里干什么？”大家问亚克说。

“你看，我在想。”他疲倦地答道。

“但为什么要在这小堂里？”

“这正是适宜的地方。我在想人类，要想人类，最好是去想那消灭人类的记载。只要坐在消灭人类的文件上，就会知道极其古怪的人生。”

一个人微微的干笑起来。

“你，你不要笑罢，”亚克诰诫地说，挥着一件调查录，“你不要笑罢！格外严办委员会好像是见了转机了。被消灭了的人们的研究，引我去寻进步的新路。你们都学会了简单而刻毒地来证明这个人或者那个人的用不着生存的各种法。就是你们里面的最没才干的；也能用几个公式，说明一下，加以解决了。我可是坐在这里，在想想我们的路究竟对不对。”

亚克又复沈思起来，于是凄苦的叹一口气，轻轻的说道：

“怎么办才好呢？出路在那里呢？只要研究了活着的人们，就可以得到这结论，是他们的四分之三都应该扫荡的，但如果研究起被消灭的那些来，那就想不懂：他们竟不可爱，不可怜的么？到这里，我的对于人类问题是跑进了绝路，这就是人类历史的悲剧的收场。”

亚克忧苦地沈默了，并且钻进调查录的山里去，发着抖只是读那尖刻的，枯燥的文辞。

委员会的委员们走散了。没有一个人反对。第一，因为反对亚克，是枉然的。第二，是因为没有人敢反对。但大家都觉得，有一种新的决心是在成熟起来了，而且谁也不满意：事情是这么顺当，又明白，又定规，但现在却要出什么别的花样了。然而，那是什么呢？

八　转机

亚克跑掉了。

大家到处搜寻他。但是寻不到。有人说，亚克是坐在市镇后面的一颗树上哭。也有人说，亚克是在那自己的园里用手脚爬着走，而且在吃泥。

格外严办委员会的办公停止了。自从亚克不见了以后，事情总有些不顺手。居民在门口设起铁栅来，简直不放调查委员进里面去。有些区域，人们对于委员的来查生存资格，是报之以一笑，而且还有这样的事故，废物反而捉住了格外严办委员会的委员，检查他生存的资格，写下那藏在灰色堂里一类的调查录，当作寻开心。

市镇就混乱了起来。还未肃清的赘物，废料，居然在市街上出现，彼此访问，享用，行乐，甚至于竟有结婚的了。

人们在街上互相招呼：

“完了！完了！哈哈！”

“调查生存资格的事结束了！”

“你觉得么，市民，生活又要有趣起来了？赘物少了。做人也要舒服些了。”

“识羞些罢，市民！你以为失掉了生命的人，是没有生存的资格的么？哼！我知道着没有生存资格的人，而且还是不配生存到一点钟的人，然而他活着，并且还要活下去哩！别一面，却完结了多少可敬的人物呵！哼，你，要知道！”

“那是算不了什么的。错误原是免不掉的事。但你说，你可知道亚克在那里么？”

“我不知道。”

“亚克坐在市后面的树上哭哩。”

“亚克在用手脚爬，还吃着泥哩。”

“难道他得哭的！”

“难道他得吃泥的！”

“你们高兴得太早了，市民！太早了！今天夜里亚克就会回来，那格外严办委员会就又开始办他的公了。”

“你怎么知道？”

“我知道。剩下的赘物还多得很。还应该肃清！肃清！肃清！”

“你真严呀，市民！”

“那里的话！”

“市民！市民！瞧罢！瞧！”

“人在贴新的告示了！”

“市民！恭喜得很！运气得很！”

“市民！读起来！”

“读起来！”

“读起来！读起来！”

九　告示贴了出来

沿街飞跑着气喘吁吁的人们，带了满装浆糊的盆子。在欢笑的腾沸声中，打开大张的玫瑰色告示来，绚烂的贴在人家的墙壁上面了。那内容是平易，明白而简单的：

全体知照！

自贴出布告的瞬间起，即允许本市全体居民生存。要生存，繁殖，布满地上！格外严办委员会已放弃其严峻的权利，改名为格外优待委员会。市民们，你们都是优秀的分子，各有其生存资格，是无须说得的。

格外优待委员会亦由特别的三项委员会所组成，职司每日访问居民各家的住宅。他们应向居民恭贺生存的事件，并将观察所得，载入特设之“快乐调查录”。委员会人员，又有向居民询问生活如何之权利。务希居民从其所请，虽然费神，亦给以详细之答覆。此种“快乐调查录”将宝藏于“玫瑰色堂”内，以昭示后人。

十　生活归于平淡

门户，窗子，露台，都开开了。响起了人声，笑声，歌声，音乐。肥胖的，没用的姑娘弹着钢琴。从早上直到半夜，留声机闹得不歇。又玩起提琴，铜箫和琵琶来。到晚上，人们就脱掉了他的上衣，坐在露台上，伸开两腿，舒服得打饱嗳。街上热闹到像山崩。青年带着他的新娘，坐在机器脚踏车或街头马车上。谁也不怕到街上去了。点心店和糖果铺，糕饼和刨冰的生意非常好。金属器具店里，镜子是极大的销场。有些人还买不到照照自己的镜子。肖像画家和照相师，都出没在主顾的杂沓之中了。肖像就配了好看的框子，装饰着自己的屋子。

专顾自己的感情和对于自己的爱，增加起来了。冲突和纷争，成了平常的事情。和这一同谈话里面也出现了这样的一定的说法：

"你是错活的，大家知道，格外严办委员会太不认真了！"

"实在是太不认真，因为这样的东西，像你似的，竟还活着哩！"

然而这口角也都不知不觉地消失在每天的生活的奔流里了。人们将自己的食桌摆得更加讲究，煮藏水果，温暖的绒线衫的需要也骤然增加起来，因为人们都很担心了自己的康健。

格外优待委员会的委员们很有规则地挨户造访，向居民询问他们过活的光景。

许多人回答说，他们是过得好的，还竭力要使人相信他的话。

“你瞧，”他们满足地搓着手，说“昨天我秤了一下，重了八磅，谢谢上帝。”

有些人却诉说着不方便，并且对于格外优待委员会的成绩的太少，鸣了些不平。

“你可知道，昨天我去坐电车，你想想看，竟连一个空位也没有……这样的乱糟糟……我只好和我的女人都站着。剩着的赘物还是太多了。应该拣了时机，肃清一下的，……”

别一个愤激起来，说：

“请你写下来，上星期的星期三，连到星期四，都不来祝贺我的生存了。真不要脸，……倒是我得去祝贺你么?！……”

十一　尾声

亚克的办公室中，仍像先前一样的在工作。人们坐在这地方，写着字。玫瑰色堂中，塞满了“快乐调查录”。上面是详细而且谨慎地记载着生日，婚礼，洗礼，午餐和晚餐，恋爱故事，冒险，等。许多调查录，看起来简直好像小说或传奇。居民向格外优待委员会要求，将这些印成书册。恐怕再没有别的，会比这更有人看的了。

亚克沈默着。

只是他的脊梁更加驼下去，他的头发更加白起来了。

他常常到玫瑰色堂去，坐在那里面，恰如他先前坐在灰色堂里一样。

有一回，亚克从玫瑰色堂里跳出来了，大叫道：

“应该杀掉！杀！杀！杀！”

但当他看见他的属员们的雪白的，忙碌地在纸张上移过去的手指，现在热心地记载着活的居民，恰如先前的记载死的居民一样的手指的时候，——他就只一挥手，奔出办公室，不见了。

永远不见了。

关于他的失踪，生出了许多的传说，流布了各种的风闻，然而亚克却寻不到。

住在这市镇上的这么多的人们，亚克先行杀戮，继而宽容，后来又想杀戮的人们，其中虽然确有好的，然而也有许多废物的人们，就是仿佛从来没有过一个亚克，而且谁也从来没有提起过关于生存资格的大问题似的生活下来，到了现在的。

星　花

B·拉甫列涅夫　作

当大齐山双峰上的晨天，发出蓝玉一般的曙色的时候，当淡玫瑰色的晨曦，在蓝玉般的天上浮动的时候，齐山就成了黑蓝色的分明的，巍峨的兀立在天鹅绒般的静寂的深谷上。

阵阵的冰冷的寒风，在花园的带着灰色蓓蕾的瘦枝上，在墙头上的带着灰尘的荒草上，在溅溅的冰冷的红石河床的齐山上吹着。

龙吟虎啸的寒风，捋过那一摇三摆的木桥，掊击到茶社的低矮的院墙上。

白杨也抖擞着，栏干上搭的花地毡的穗子，也被吹了起来，带着黑绿胡须的茶社主人石马梅，睁开了吃辣椒吃成了的烂眼。

将带着皱皮长着毛的胸前的破袍子紧紧的掩了掩。由袍子的破绽里露着烂棉絮。

用铁火箸子把炉子里将熄的炭火拨了拨。

黎明前的寒风，分外的刺骨而恶意了。阿拉郝[1]送来这一阵的寒风，使那些老骨头们觉得那在齐山双峰上居住的死神将近了。

但阿拉郝总是慈悲的，当他还没有要出那冰寒的严威的时候，山脊上的白雪，已经闪出了一片光艳夺目的光辉，山脊上已经燃起了一轮庄严的血日。

雄鸡高鸣着，薄雾在深谷的清泉上浮动着。

已经是残冬腊尽的时候了。

石马梅面朝太阳，坐在小地毡上深深的拜着，干瘦的白唇微动着，念着经。

“梅吉喀!”

“干吗?”

“把马鞍子披上！弄草料去!”

“马上就去!”

梅吉喀打着呵欠，由一间小屋里出来。

戴着压平了的军帽，灰色的卷发，由军帽下露出来，到得那晒得漆黑的脸上。

他的眼睛闪着德尼浦江上春潮一般的光辉，他的嘴唇是丰满的，外套紧紧的箍在他那健壮的花刚石般的脊背上，把外套后边的衣缝都挣开来。

---

① 阿拉郝（Allah）为亚拉伯人称上帝之名号——译者。

梅吉喀眯缝着眼睛去到拴马场里吃得饱腾腾的马跟前。

他现在二十三岁，是白寺附近的人，都叫他戴梅陀·李德文。

在家的时候，老妈子们都这样称呼他，有时称梅陀罗，在晚会上的时候，一般姑娘们也都是这样称呼他。

两年来他已经把梅陀罗这名字忘掉了，现在都叫他的官名：骑兵九团二连红军士兵李德文。

现在环绕他的，不是故乡的旷野，不是遍地芳草的故乡的沃壤，而是终年积雪的石山，顺石河床奔流的山水，和默然不语，居心莫测，操着异样语言的人民。

帖木儿故国的山河，亚细亚的中心，四通八达的通衢，从亚力山大的铁军到史可伯列夫的亚普舍伦半岛的健儿，古今来不知多少英雄的枯骨，都掩埋在这热灼的黑沙漠里。

但是戴梅陀不想这些。

他的事情很简单。

马，枪，操练和有时在山上剿匪时剽悍英勇的小战。

戴梅陀披了两匹马，捆着捆肚，很和爱的马肚子上拍着。

“呵——呵，别淘气！……好好站着！别动！……走的时候你再跑。”

马统统披好了。戴梅陀骑了一匹，另一匹马上骑着一位笨鳖似的郭万秋。

马就地即飞驰起来，黄白的灰球，随着马蹄在镇里街上飞扬着。

市场里杂货的颜色，一直映入到眼帘里。今天礼拜四，是逢集的日子，四乡来赶集的人非常的多。

雅得仁的集镇是很大的。从人丛中挤着非常的难。

两匹马到这里慢慢的走着，那五光十色的货物，把戴梅陀的眼睛都映花了。

这家铺子里摆着地毡，绸缎，刺绣，铜器，金器，银器，锦绣灿烂的酒白帽①和柳条布的花长衫。

铺子里边的深处，是半明半暗的。阳光好似箭头一般，由屋顶的缝隙里射进来，落到那贵重的毛毡上，家中自染的毛织物，在那半明半暗的光线里，也映着鲜血一般的红斑。

门限上蹲着一位穿着绣花撒鞋，头上裹着比羽毛还轻的印度绸的白头巾，长着黑胡子的人。

刮了脸的肿胀的双颊上发着黑青色。眼睛半睁半闭着，安静恬淡中含着一种不可言状的神气。这样的眼睛，戴梅陀无论在奥利尚，无论在白寺，无论在法司都，无论在畿辅，就是在那繁华的莫斯科也没有看见过的。

---

① 酒白帽原名“酒白洁耶克”，形恰似中国之便帽，小而浅，顶无结，满绣以黄白或彩色金线——译者。

望着这样的眼睛好像望着魔渊似的，真真有点可怕而感到不快，戴梅陀到这里已经两年了，但是无论如何总是看不惯。

就是死人的眼里，也表现着这种令俄国人不能明白的秘密。

有一次戴梅陀看见了一个巴斯马其①的头目。

他是在山中的羊肠鸟道上被红军的子弹打倒的。他躺在路旁胡桃树下的草地上，头枕着手，袍子在隆起的胸前敞开着，白牙咬着下嘴唇，睁得牛大的眼睛瞪着面前的胡桃树根。

在他那已经幪上一层浊膜的黑睛珠上，也是带着那样安静的，无所不晓的胜利的秘密。

戴梅陀无论如何是不能明白这个的。

集上收摊了。

窄小的街道，蛇一般的在很高的围墙间蜿蜒着。

谁知道是谁把它们这样修的呢，但是到处都是如此的，由小村镇起，一直到汗京义斯克·马拉坎德，好像蛇一般的到处都蜿蜒着小街道，有的向下蜿蜒着，横断在水渠里，有的蠕行到山顶上，有的横断在墙跟前，深入到围墙里，有的穿过了弓形的牌楼，自己也不知道蜿

① 巴斯马其即土匪之意——译者。

蜒到什么地方去。

土围墙好似狱墙似的永远的死寂，空虚，无生气。

街上没有窗子，没有房子，只有带着雕刻和打木虫蚀成花纹的深入到围墙内的木门。

他们不爱外人的眼睛。

外人的眼睛都是邪恶的眼睛，坚厚的土围墙，隔绝了外人的眼睛，保护着这三千年的安乐窝。

戴梅陀与郭万秋懒洋洋的骑着马在街上走。

戴梅陀卷着烟草，吸着，喷着蓝烟。

“哦，他妈的，这些鬼地方！”

“什么?”郭万秋问道。

“什么？到此地两年了，好像钻在墓坑里一样。所见的只有灰尘和围墙！多么热的……而人民……”

戴梅陀默然不语，向前望着。

一个四不像的灰蓝色的东西，带着四方形的黑顶，在春光里由围墙的转角处冒出来浮到路上。

望见了骑马的人，就紧紧的贴在墙上了。

当红军士兵走跟前经过的时候，它完全贴到墙上去了，只有身子在隔着衣服抖颤着，只有那睁大的，不动一动的眼里的黑睛珠，隔着琴白特[①]的黑网迸着惊惧的火星。

---

① 琴白特是用头发制的面网——著者。

戴梅陀恶恨恨的唾了一口。

“瞧见了吗？……你看这像人形吗？可以说，我们家里的女人虽说不像人，但总还是女人。”戴梅陀不能够再明了的表现自己的意思，但郭万秋同情的点着头。“可是这是什么呢？木头柱子不是木头柱子，布袋不像布袋，脸上好像监狱的铁丝网一样罩着，不叫人看见，你要同她说一句话，就会把她骇的屁滚屎流，立刻她的鬼男人就要拿刀子来戳你，你要跑的慢一步，你的肠子都会叫他挖了出来的。”

“不开通，”郭万秋懒洋洋的说：“他们识字的人太少，识字的人，也不过只会写个祈祷文。”

街尽了，已经发青了的两行杨柳中间的道路也宽旷了。

巍峨大齐山上的积雪，隔着这路旁的杨柳，闪着藤色，蓝色，淡红色的光辉。

路旁水渠的水溅溅的流着。

春日的小鸟，在杨柳枝上宛转的歌唱着。

在路的转角处，有一个草场，那里堆着去年的苜蓿。

都下了马，把马拴到路旁的木桩上，就去弄干草去了。

这里的巨绅就是亚布杜·甘默。

雅得仁镇上最大最富的商铺，就是亚布杜·甘默的商铺，就是戴梅陀和郭万秋由跟前经过的时候，屋子里边的深处，由箭头一般的射进去的阳光，地毡上映着鲜血似的红斑的铺子。

甘默是一个巨绅，而且是一个圣地参拜者。青年的时候，同其余的参拜者结队去参拜圣地麦加。

从那时起，头上就裹着头巾，作自己尊严的标志。

当他回到故乡雅得仁那天的时候，这青年参拜者的父亲，请了些乡里极负胜望的人物，去赴他那豪奢的宴会。

波罗饭在锅里烹调的响着，放着琥珀一般的蒸气。盘子里满装着食品。

发着绿黄宝石色的布哈尔无核的葡萄干，加塔古甘和加尔孙的蜜团，微酸的红玉色的石榴子，希腊的胡桃，葡萄的，胡桃的，白的，黄的，玫瑰色的蜜，透亮的香瓜，砂糖浸了的西瓜，冰糖，用彩色纸包着的莫斯科的果子糖，盘内的茵沙尔得①泛着浓厚的雪白的油沫。

甘默整齐严肃的坐到父亲的右旁的上座上，这天他亲自来款待宾客，席上每个宾客敬他的饮食他都吃了喝了。

他傲然的，慢慢的在席间叙述着他的游历，叙述着那用土耳其玉镶饰的教堂的圆顶，和用黄金铺着街道的城市，叙述着叶芙拉特谷的玫瑰园，在那里的树枝上歌

① 茵沙尔得是由松鼠和糖制成之一种特别美食——译者。

着的带着青玉色尾巴的金刚鸟，在山洞里住着的有长着翅膀的美丽的仙女。

叙述着死的旷野，在那里阿拉郝的愤火散了整千整万的异教者，到了夜里的时候，土狼把死人的死尸抓出来到地狱去，而狗头铁身的野人袭击着来往的旅队。

来宾都大吃大嚼着波罗饭，拌着嘴，都争先恐后的角逐着那甘美的一脔，相是都很注意的听着，点着头，惊异的插着嘴。

“难道吗？……阿拉郝万能呵！”

不久甘默的父亲就归天了，他就成了雅得仁附近最肥美的土地和雅得仁镇上最富的一家商铺的所有者。

他的生活质朴而且正经。不把父亲的遗产虚掷到吃喝嫖赌上，他把钱统统积蓄着。

甘默已经讨了两个老婆了，生得微黑的，肉桂色的小兽，结实得好似胡桃一般，这热烘烘的夜间的果子，正合《可兰经》上所说的“最强壮的种子，落到了未曾开发的处女地里。”

甘默的心与手，在雅得仁镇上是铁硬的，数百佃农和佣工，都在他那产米和棉花最丰饶的田地里耕种着，都在他那满枝上的果实结的压得树枝都着了地的果园里作着工。

当蓝眼睛的俄国人在城里起了革命，把沙皇推倒的时候，后来，秋天在炮火连天中，穷光蛋夺取了政权向富而有力的人们宣战的时候，佃农和佣工们都由甘默的田地里跑了，可怕的穿着皮短衣的，只承认自己腰里挂着的手枪匣中的东西为正义的人们，把甘默的田地夺去的时候，——他就默然的隐忍着一切的不幸。

他剩下的只有花园与商铺。同这点家产过着也绰有余裕的。

人生是由阿拉郝支配的，如果阿拉郝要夺取了他的田地——这是命该如此的。甘默不信穷光蛋们的统治能长久的。

他不断的同老慕拉[①]在自己铺子里闲坐，有一天老慕拉给他说了一个很聪明的故事。

“一个糊涂的耗子，住在帖木儿的京城里，这耗子猫已经居心想吃它了。耗子虽然糊涂，但很敏捷而诡诈。猫子于是就反复的思索着怎么才能吃了它。有一天耗子在仓库里把头由洞里往外一伸，就望见猫子坐在粮食口袋上，穿着锦绣的袍子，头上裹着头巾。耗子就奇怪起来。

‘呵呀！’耗子说：‘我敬爱的猫子，我贤慧的亲侄女，告诉我吧，你穿这一身是什么意思呢？’猫子把胡子耸了耸，把眼睛向天上望着。

‘我现在成了斋公了，’猫子说：‘马上就到寺里去

---

① 慕拉是清真寺之教师——译者。

念经呢。我已经是不能再吃肉了，你可以告诉一切的耗子去，说我从今以后再不遭它们了。’

“糊涂的耗子高兴疯了，就到仓里跳起舞来大叫着：‘万岁！万岁！自由万岁！’跳着跃到猫跟前。一转瞬间——耗子的骨头在猫嘴里嚼的乱响着。

“我说——正道人会悟开的。”

甘默悟开了。

当穿皮短衣的人们由城市来到此地，招集些群众在集市的矿场上开露天大会的时候，那激烈的锋利的关于斗争，报复，和未来的幸福的言辞，激动着空气的时候，甘默坐在铺子里，目不转睛的望着演说者和群众，脸上挂着若隐若现的微笑。

“转瞬间……正道人会悟开的……”

山那边就是阿富汗的君主，英国人和其余的君主帮助他一些大炮，枪支，军官，勇敢的驸马安畏尔在布哈尔山上招集义军。

耗子跳着，耗子呼着：“自由万岁！”

转瞬间——耗子没有了。

甘默心平气静，只由那不幸的经历，额上褶起了几道皱纹，从此他就和家中人以多言为戒。

肃然的由集上回来，同自己的妻们不说多余的话，在家里当听见女人或孩子们有一点声音的时候，就把眉头一皱。

立时一切都寂然了。当回答妻们问安的时候，甘默老是一句话：

“少说话！……女人的舌头就是路上的钟，无论什么风都会把它刮响的……”

甘默去年讨了第三个老婆。

头两个都讨厌了；都长老了，脸上有皱纹了，腰也弯得好像弯腰树一般。

邻居贾利慕的女儿美丽亚长大了。

当她做小姑娘在集上跑的时候，甘默就看见她那童女的面孔上两只圆圆的眼睛和弯弯的眉毛；石榴一般的嘴唇和玫瑰色的双颊。

去年春天美丽亚已经到了成熟期了，黑色的面幕已经罩到她脸上。

这么一来，她即刻就成了神秘的他的意中人了。

甘默打发了媒人。穷而倒霉的贾利慕因为同雅得仁镇上最富的巨绅做亲，几乎喜欢得疯起来。赶快的商定了聘金，美丽亚就到甘默家里了。

那时甘默三十六岁，她十三岁。

夜里主人而兼丈夫的甘默，来到那战兢恐惧的妻跟前。

美丽亚长久的哭着，前两妻温存的安慰着她，坐到她旁边抚摩着她那被牙齿咬得青紫的肩膀。

她们不知道嫉妒，在这个国里就没有嫉妒，眼泪在她们那褶成皱纹的双颊上滚着也许她们是回想起当年她们初来到甘默家里做妻的时候，夜里所受的这样的楚痛。

她们从前也是这样的痛哭着，就这样的被征服了。

但是没有把美丽亚征服下去。

虽然甘默每夜都来，每夜美丽亚的火热的身子都燃烧着——但她总是坚决的狂愤的憎恨着甘默。

但甘默除了她的可以用铁指拧，可以摸，可以揉，可以咬，可以抱，可以压到自己的身子底下发泄性欲的她的肉身子以外，什么也不要的。

正午的时候，戴梅陀由营房出来到街上去。

“上那去？”站在大门口的班长问他道。

“到街上去的。买葡萄干和蜜饯胡桃去”。

“难道你发了财吗？”

“昨天由塔城寄来一点钱。”

“怎么呢，请客吧？”

“你说怎么，班长同志。请喝茶吧。”

“呵，去呵！”

戴梅陀口中啸着到街上去了，走过去皮靴将路上的灰尘都带了起来。

走过了集上的旷场，就转向甘默的铺子去。

除了蜜饯胡桃和葡萄干，他还想买一顶绣着金花的酒白帽，这帽子他久已看好了的。

“当兵当满的时候，回到奥利尚戴着这帽子叫姑娘们瞧一瞧，真不亚于神父们戴的脑顶帽。”戴梅陀想着。

甘默好像平日一样，坐在铺子里吸着烟。

戴梅陀走到跟前。

“好吧，掌柜的。怎么样？”

甘默慢腾腾的喷了一口烟。

“你好吧，老总。”

“你瞧，我想买一顶酒白帽。”

“你想打扮漂亮些吗？想讨老婆的吗？”

“掌柜的，那里的话。在此地那能找来女人呢？难道去同老绵羊结婚吗？”

“呵呀！这样漂亮的老总，无论那一个美人都会跟你的。”

“好吧……你给我说合吧，现在拿帽子来瞧一瞧。”

“你想要那样的？”

“要最好最漂亮的。”

甘默由背后什么地方取出一顶绣着金线，绿线，橘色线等的布哈尔花缎的酒白帽，金线闪出的光辉，把戴梅陀的眼睛都映花了。

“顶呱呱的，”甘默说着，几乎笑了出来。

戴梅陀把酒白帽嵌到头上，由衣兜里掏出一个破镜片照着。得意而骄傲的微笑着。

“真漂亮！活像一个土匪头！”

甘默点着头。

“唔，掌柜的，你说吧，多少钱？说老实价。”

“两万五千卢布，”甘默回答着，捻着胡子。

“你说那的话？……两万五。一万卢布，再多了不出。”

甘默把手一伸，由戴梅陀头上把酒白帽取过来，默然的放到背后的货架上。

“你老实说要多少钱？你这鬼家伙。”戴梅陀气起来。

“我已经说过了。”

“你说了吗！……你说那算瞎扯——给你一万三，别再想多要。”

“一万三？你还的太少了。亚布杜·甘默有老婆，要吃饭呢……”

“吃，谁都要吃呢，”戴梅陀带着教训的口气：“你想要多少钱，一下子说出来。”

“老总，两万三卖给你。”

“去你的吧！……你自己也不值那两万三！”

戴梅陀扭过身子，出了铺子走了。

“老总！……老总！……两万！……”

“一万五！多一个大也不出……”

“两万！”

“一万五！”

太阳蒸晒着。戴梅陀扭回头走了五次，每次甘默都把他喊回来。最后戴梅陀出了一万七把酒白帽买到手里了。

他把头上的英雄帽褶起来，装到兜里，把酒白帽嵌在后脑上。

“你为什么这样戴？……我们人不这样戴呢。往前戴一戴吧。”

“得了，这样也不错。再见吧，掌柜的。”

戴梅陀去买葡萄干去了。

甘默的视线在后边送着他，心里默想着。

花园和葡萄园到忙的时候了。甘默一个人干不过来，老婆们无力，孩子们太小。

正需用着一两个有力的做活人。

可是，要是你雇两个工人的话，即刻就是叫你上税，工会和县苏维埃也连二赶三的给你弄得不快活。这位老总是少壮有力的人。你瞧他的脊背！

戴梅陀弯下腰买蜜饯胡桃，甘默满心满意的望着他那个把衣服都挣得无褶的脊背。

请他园子里去做活，给他说果子熟的时候请他来吃果子。俄国的老总们都挨饿的，只是喝稀饭，将来请他吃水果，他一定会来园里做活的。

戴梅陀买了好吃的东西，付了钱，转回头来走着，手里拿着装着葡萄干和蜜饯的纸袋。

“喂，喂！……老总！”甘默打着招呼。

“什么?”

“请来一下……来叙一叙。”

“唔，有什么鬼话可叙呢?”

“请来一下吧。我有花园，有葡萄。春天来了，葡萄枝得割一割呢，葡萄架得搭一搭呢……你想到园里做活吗……将来水果长熟了，请你来吃果子不要钱……樱桃，橘子，梨，苹果，葡萄。还可以带些送朋友。”

戴梅陀想了一下。

“那么……我，掌柜的，我忙得很。你大概知道，我们当兵的事情多得很。枪，马，还有什么宪法，什么关于资本家捣鬼等政治功课……”

什么政治功课，什么资本家捣鬼，甘默都没有明白，只是平心静气的说：

“白天忙，——晚上闲呢。要不了多大工夫。来一两点钟就可帮不少的忙。再找一个朋友来。两个人干。水果好吃得很。”

戴梅陀半闭着眼睛。

他回想起了奥利尚，回想起了故乡的静寂的河流，回想起了开得满树的樱桃园和晚会上的嘹亮的歌声，想到此地，那整年在黑壤里耕种的庄稼汉的心，就皱缩起来，很很的抖跳了一下。

他起了一种不可忍受的心情，想去挖地，想去用手抓那发着土气的土块，就是异乡的黄土壤也好，总想去用那快利的锄深深的去掘那温顺的准备着播种的土地。

他笑了一声，带着幻想的神情说：

“好！……想一想再说！”

“明天给回信吧。”

“好吧！”

喝过了茶，吃了蜜饯胡桃以后，戴梅陀躺到床上，幻想着故乡的奥利尚，幻想着草原，幻想着田间。

给马倒草料的郭万秋走到他跟前。

“戴梅陀，你想什么心思呢？”

戴梅陀在床上翻了一个身子。

“我告诉你，老郭。刚才我在街上买酒白帽的时候，那掌柜的请我到他园子里做活。在那里割葡萄枝，挖地，搭葡萄架。他说——带一个朋友一块来，晚上做一两点钟，将来水果长熟的时候，白吃不讨钱。你想怎么样？我老想下地里去做活。”

他的嘴唇上露着不好意思的怯懦的微笑。

郭万秋的手掌在膝盖上拍了一下，不紧不慢的答道：

“怎样呢！……一定很不错的！……我赞成……不过连长怎么样？”

“什么？我们去请求一下好了！反正一个样——晚上总是白坐着的。没有书看；与其在家里闲躺着；不如去做点活。”

“好吧！”

“我们现在就去找连长吧。我真是等不得！……”

戴梅陀话没说到底。

从今年春天起，他就愁闷起来；他自己也不知道这愁闷是因何而起，总觉得有一种奇怪的淡漠和发懒。

不断的坐在营房的土堡上，用那无精打采的眼睛望着天，望着山，望着河，望着山谷。

他怎样了呢——自己也不明白。

或者是因为他怀想着故乡的静寂的田野，怀想着樱桃树下的茅舍，或者是怀想着那拉着手琴唱着歌的欢乐的游玩，或者是怀想着那长着可爱的眼睛，头发髻上结着彩色的缎条，带着歌喉的笑声，紧紧的，紧紧的贴着自己身子的姑娘。

他总觉得若有所失……

“唔，找连长去吧！”

他们由营房出来，去到茶社里，在茶社的二层楼上的像燕雀在笼子似的住着连长希同志。

希同志坐在茶社二楼的露台上，削着细棍做鹌鹑笼，那鹌鹑是茶社的主人送给他的。

他听了戴梅陀和郭万秋的请求以后，即时允许了。

“弟兄们，不过出去别闹事！好好守规矩，别得罪掌柜的。你们自己知道——人民都不是自家人，他们有他们的风俗，我们应当尊重这些。入乡随乡，别照自己的来。下给前线上的命令看了吗？”

“我们为什么得罪他呢，”戴梅陀答道：“连长同志，我们明白的。我们很想到地里去做活。”

“好……去吧。果子熟的时候别忘了我。”

“谢谢你，连长同志！”

“告诉班长，就说我允许你们的，别叫他留难你们。”

回到营房里，郭万秋望着微晴的天空，伸了一个懒腰说：

“到园子里去真好得很！”

第二天中饭后，戴梅陀和郭万秋到甘默家里去了。

主人在街上迎着，把他们引到客室里，那里锅煮着波罗饭，放着好吃的东西。

“坐下吧，老总……吃一点。”

“谢谢……刚偏过。”

“请坐，请坐。不许推辞——不然主人都要见怪的。”

喝过了营里的公家汤以后，这肥美的波罗饭分外的有味而可口。

郭万秋吃了三碗饭，饱饱的喝了一顿茶。

喝了茶以后，甘默把他们引到园子里，把锄给他们，并且教他们到树周围如何的掘土。

“现在挖坑，后来割树枝，搭葡萄架。”

在花园的另一角里有三个女人在那里掘土，女人从头到脚都被大衫和琴白特遮蔽着。

甘默自己也拿起锄，工作就沸腾起来了。

郭万秋好奇的向女人作工的那角里望了一眼。

“掌柜的，掌柜的！”

“什么？”

“你说为什么你们女人们出来都弄个狗笼嘴戴上？”

甘默继续的掘着地，带理不理的抡了几句：

“法规……教主说过……女人不应分叫外人看见。免生邪心。”

郭万秋笑起来。

“是的……那里会生邪心？谁能辨出那口袋里装的什么货？或许是女人还像个女人，年青的；或许是一个老妖精，夜间要看见她简直要吓得屁滚屎流呢。”

戴梅陀由树后说：

“因为这他们才想的好调门呢，他们的女人当过了二十岁的时候，——你瞧，都成了活妖怪。都干了，有皱纹了，好像炙了的苹果一样。因此才把她们遮盖起来叫去嫁人。隔着笼嘴丈夫辨不出是什么样的脸，娶过了门——就活忍受吧。”

都默然了。一阵轻风由山上送来，围墙跟前的白杨迎风飒飒的响着。

早春的甲虫嗡嗡的在树间飞着。

暮色上来的时候就收工了。

甘默把他们送到街上，握了手。

“活做的好。多谢得很，老总！”

“再见吧，掌柜的。”

“再见。请明天再来吧。”

爽凉的深青的夜幕升起了。

甘默由清真寺做礼拜回来，去到美丽亚房里。

她安然的盖着被子熟睡着，甘默脱了衣服，鞋子，钻到被窝里。他推着她，催醒着她，把嘴唇贴到她那温润的嘴唇上。

美丽亚温顺的，不得已的躺着听男人的摆布。

今天比平时更其外气而冷淡。

“你怎么躺着好像木头柱子一样呢？”甘默恶恨恨的低声说着，咬着她的奶子。

“我今天病了，”她低声答道。

“你怎么了？”

“不晓得……身上发烧，出什么疹子。”

甘默怕起来。想着她或许发什么瘟疹子，可以传染上他。于是就野头野脑的用膝盖在她肚子上蹴了一下。

“为什么不早些告诉我呢？”

“我没来得及……”

甘默由被窝里爬出来，穿上鞋子。

老婆的身子把他激怒了。她没有满足他的欲望，站着迟疑了一下，走过了小院子，到旧老婆宰拉房里去了。

他已经三年没有到她房里去了，她吃了一惊，当她还没来得及醒的时候，就觉着自己已经被人抱住了。

美丽亚当丈夫走了以后，胳膊支到头下，隔着门望着那四四方方的一块碧蓝的夜天。北极星好似金水珠一般在上边微颤着。

美丽亚的眼睛死死的钉着那灿烂的星光，忽然间，她呵哈了一声，就把头抬起用肘支着。那星光灿烂的地方浮动着一个带着俄国帽子的人头。红星帽子下边露着灰色的发环和一付水溜溜的快活的仁善的眼睛。

北极星继续的在帽子上发着光辉，但成了鲜明的，五支光的，大红的红星。

美丽亚惊惧的闭起眼睛，觉得窒息的，频繁的，有力的心脏的跳动。

身上起了一阵温柔的懒洋洋的抖颤，仿佛谁用那温柔的抚爱的情人的手，触着了她的弹性的温暖的身子。

她呻吟着，把手指的关节活动了一下，身子伸向那灿烂的北极星的金水珠。

嘴里在不住的微语着可爱的动人的名子。

后来，她向后一躺，伸了一个幸福的疲惫的懒腰，侧着身子，屈成一团，就入到梦乡了。

院中雄鸡已经司晨了。

戴梅陀与郭万秋在园里做活已经是第二个礼拜了。

树统统都剪好了，洼也挖好了，树干的下部都用油和石灰汁涂好了。

还得要割葡萄枝，将葡萄枝捆到葡萄架上去。

发大的半开的樱桃花苞上已经涨着淡红的颜色。

收工的时候甘默放下锄说：

“明天阿拉郝给一个好天，樱桃开起来，是很好看的。”

早晨全园都汎滥着柔媚的淡红的轻浮的荡漾的花浪。

这日正是礼拜。戴梅陀一个人从早晨就来了。郭万秋到三哩远的当俘虏的养蜂的匈牙利人那里弄蜂蜜去了。

甘默已经在做着活，带着欢迎的样子给戴梅陀点着头。

他已经干了便宜事。俄国的士兵是不要钱的很好的做活人。

“谢谢！……不久我们就可以吃水果了。拿起锄吧，戴梅陀！”

戴梅陀跟着主人挖着水渠。

女人们在葡萄树上乱忙着。

美丽亚尽力的用刀子割着葡萄枝，眼睛时时瞟着那微扁的戴梅陀的英雄帽上闪着的红星。

突然间她觉着激烈的血潮涌到头上来。

她起来，抓住葡萄架杆子，发昏了的眼睛向园中环顾了一下。

淡红的花浪到处都沸腾了，忽然间她觉得在那久已熟识的平常的树枝上开的不是花，而是大红的红星。

全园都怒放着眩目的大红的星花。

美丽亚踉跄了一下，刀子落到地下了。

甘默向她喊了一声什么。戴梅陀抬起头来。

美丽亚没有回答。

甘默走到老婆跟前，又粗又野的命令的喊着。她仍然不答。

那时甘默抬起手用力向她一撞。她呵哈了一声，倒到葡萄架杆子上，杆子被压倒了，她仰天倒在地下。

甘默骂起来。

戴梅陀走上去护她。

“掌柜的，为什么打呢？你没瞧见——女人在太阳下边晒晕了。没精神的。”

“女人应当有精神的。女人有病——该驱逐出去。女人是混蛋！”

“为什么这样？女人是助手，应当要怜惜女人，尊敬女人。应当把她扶起来，喷点水。”

戴梅陀忘了他是在雅得仁，不是在奥利尚，用英雄帽到水渠里舀了一帽子水，去到躺着的人跟前。

甘默抓住他手。

“不行，老总！教主没有吩咐……请把水倒了吧。叫女人们来扶她。”

他向他的妻们喊了一声，她们都跑来把美丽亚扶起来，架到家里。

戴梅陀把手挣脱了，带着轻视的神气望着甘默的眼。

“你真是混帐人，我叫你瞧一瞧呢。谁要不尊重女人，那他就比狗还坏！女人生了我们，受了苦，一辈子都为我们做活。难道可以轻视女人吗？”

甘默耸了耸肩。

过了两天都割着葡萄枝。

男人们在很长的葡萄树行的一端做着活，女人们在另一端做着。

戴梅陀在树行间走着，隔着葡萄枝望见那一端闪着的长衫，望见那用心用意做着活的小手。

“那个大概就是昨天晕倒的，”他想着。

戴梅陀到现在还不能将她们辨清楚。身干一个样，长衫一个样，都戴着狗笼嘴。谁晓得那是那呢？

树行尽了。

戴梅陀割着干枝的头端，举目一望，甚觉茫然。隔着疏枝望见一副两颊绯红的可爱的惊人的美丽的容颜。

一副水溜溜的扁桃眼好似太阳一般的发着光辉，丰满的美丽的半月形的双唇上挂着微笑。

伸着纤手，火焰一般的抖颤着，到那强壮的兽蹄似的戴梅陀的手上触了一下。

后来把手指贴到嘴唇上，放下琴白特，这一幕就完了。

戴梅陀站起来，把刀子插到葡萄架的杆子上，不动一动的，惊愕的欣喜的久站着。

“怎么不做活呢，老总？”走到他跟前的甘默问着他。

戴梅陀默然了一会。

“有点累了……太阳晒得太利害。好！”

“太阳是好的。太阳是阿拉郝做的。太阳——不分善人恶人一齐照。”

戴梅陀出其不意的向主人望了一眼。

“是的，连你这老鬼也照呢……你奶奶的。你这胖鬼讨这样花一般的老婆。最好不照你这狗仔子。”他心里想着。

后来拿起刀子，恶恨恨的，聚精会神的默然的一直做到收工的时候。

这夜在营房里的硬床上，在同志们的甜睡中和气闷的暑热中，戴梅陀好久都不能入睡，总想着那惊人的面容。

“这样一朵纤弱的，好看的小花。好像雁来红一样。

嫁了这样一个鬼东西。大概打的怪可怜的。”

那美丽的面容招唤的可爱的给他微笑着。

工作快到完结的时候了。

再有一天——葡萄园的活就做完了。

戴梅陀对园子满怀着惜别的心情。

他割着葡萄枝，时时向女人的那一端偷看着，——能不能再露一下那难忘的微笑。

但在葡萄园里移动着可笑的口袋，面上盖着极密的琴白特，隔着它什么也辨不出来的。

已经是将近黄昏的时候了，戴梅陀到葡萄园头坐下休息，卷着烟草。

当擦洋火的时候，觉得肩上有种轻微的接触，并望见伸着的手。他快忙的转过身来，但琴白特没有揭开。

只听得低微的耳语，可笑的错误的异地的语言。

“弗作声，老总……夜……鸡啼……墙头……你知道?”她赶快的用手指向通到荒原的围墙的破墙头指着。

“我等你。等老总……甘默亚拉马日沙一旦①……老总好！……美丽亚爱老总。”

手由肩上取去了，美丽亚藏起了。

戴梅陀连呵哈一声都没来得及。

① 亚拉马日沙一旦即坏鬼——著者。

向她后边望着，摇着头。

“真是难题！一定是找我来幽会的。真好看的女人！她可别跳到坑里去！这次一定没有好下场。刀子往你肚子一戳——就完了。”

他掷了烟卷，起来。

郭万秋走来了，甘默在他后边跟着。

“呵，活做完了，掌柜的！”

“谢谢。老总们真好，真是会做活的人。来吃果子吧。来当客吧。”

甘默给红军士兵们握了手，送到门外。

血红的太阳吞没了旷野的辽远的白杨的树顶。

戴梅陀不作声的走着，望着地在想心思。

“戴梅陀，你又在想心思吗？”

戴梅陀抬起头来，耸了耸肩。

“你瞧，这是多难的事。掌柜的女人请我半夜去幽会的。”

郭万秋好像树盘似的站在当路上，这出其不意的奇事使他口吃起来。

“不撒谎吧？怎么回事？”

“就这么回事，”戴梅陀短简的答着他。

“这么这么……你怎么呢？”

“我自己也不知道究竟呢，怕什么？”

“同他们来往是危险的！他们是凶恶的人！不要头

了可以去。”

“那我不怕。或许我把他们的头拔下来的。不过别把她弄到火坑里去。叫我去就去，因为她很请求我的。那黑鬼大概她讨厌了。女人需要安慰的。”

“怎么呢，祝你们的好事成功吧。”

“郭万秋，你别开玩笑，因为这不是什么儿戏。我觉得那女人在那绅士手里，好似畜牲一样活受罪。她要人的话去安慰呢，去同她谈知心话呢。”

“你怎么同她谈呢？她不会说俄国话，你不会说她们的话。”

戴梅陀耸了耸肩，啸着，仿佛想逐去那无益的思想，说：

“要是爱，那就用不着说。心心相……”

晚饭后戴梅陀躺到床上，吸了烟，决然的起来到排长那里去了。

“鲁肯同志，请把手枪今天借我用一下吧。”

“你要它干什么呢？”

“今天此地一位先生请我去看他们结婚的。请让我去玩一玩，手枪带着可以防什么意外，因为他住在镇外花园里，夜间回来方便些。”

“如果要发生什么事情呢？”

“要是有手枪，什么事情都不会发生的。会发生什么事情呢，附近没有土匪，人民都是很和平的。”

“唔，拿去吧！”

排长由手枪匣里把手枪掏出来，给戴梅陀。

戴梅陀把手枪接到手里，看了看，装在兜里。

十一点钟的时候，他由营房出来，顺街上走着。

薄雾起了，很大的，倾斜的，暗淡的，将没的月亮在薄雾里抖颤而浮动着。

到会期还有两小时。

戴梅陀下了狭街道的斜坡，走到桥跟前，过了齐河，坐在岸边的一个大平石上。

溅溅的河流，沸腾着冰寒的水花，水花激到桥柱上，飞溅到空中，空气中都觉得湿润而气闷。

齐山峰上的积雪，映着淡绿的真珠的光辉。

戴梅陀坐着，凝视着石间的急流组成的花边似的旋涡，卷了起来，又飞了出去，一直看到头晕的时候。

第一声雄鸡的啼鸣远远的由镇中的深处送来。

戴梅陀由石上起来，伸了一个懒腰，向山走去了。走过了死寂的集市。在铺子旁边，一匹在旷场上闲跑的马，走到他跟前，热腾腾的马鼻子撞在他肩膀上，吃的干草气扑到他脸上，马低声的温和的嘶着。

戴梅陀在它脖子上拍了一下，转入一条熟识的小街上，很快的向花园走去了。

心脏一步比一步击得响而且快起来，鬓角的血管也跳起来，发干的舌头勉强能在口里打过弯来。

右边展开了黑暗的，神秘的荒原。

戴梅陀想按着习惯划一个十字，但一想起了政治指导员的讲演，就低低的骂了一句算了。

跨过了残垣，沿着杨柳树行，无声的走到通入甘默的园中的破墙头跟前。破墙头好似一个破绽一般，在灰色的围墙上隐现着。

破墙头对面兀立着一个被伐的树盘。戴梅陀坐到上边，觉得浑身在发着奇怪的寒颤，手入到兜里握住那暖热了的手枪。

雄鸡又鸣了。月亮完全没入山后，周围黑暗了，寒气上来了。

细枝在树杪里沙沙作响，多液的花蕾发着香气。

墙那边哗喇的响了一声。戴梅陀坐在树盘上，向前伸着身子。

破墙头上出现了一个黑影。

她向周围环顾了一下，轻轻的跳到荒原里。

“老总？……”戴梅陀听到抖颤的微语。

“这里!”他答道，站起来，几乎认不得自己的破嗓音。

女人扑向前去，那抖颤的烧手的身子在戴梅陀的手里颤动着。

他不知所措的，迷惑的不会把她紧紧的抱住贴着自己。

他语无伦次的微语道：

“我的小花，我的可爱的小姑娘！”

美丽亚偏着头，用那黑溜溜的，火热的，无底井一般的眼睛望着他的脸，后来双手抱着他的颈，把颊贴到他的颊上，低语些什么温柔的，抖颤的，动情的话。

戴梅陀不懂，只紧紧的将她拥抱着，用嘴唇去找着她的嘴唇，当找着的时候——一切都沈没在响亮的旋风里了。

好似齐山积雪上赤霞的反光，一连三夜在燃烧着。

戴梅陀成了疯疯癫癫，少魂失魄的了。红军兵士们都哈哈大笑着，猜七猜八的胡乱推想着。

但是他的心儿全不在这上边，就是白天当洗马，练习去障碍，或听政治指导员讲演巴黎公社的时候，那无底的眼睛和红玉的嘴唇现到他面前，遮住了一切；他什么也看不见，什么也听不见。

夜里是熟路，荒原和甜蜜的期待。

每夜在鸡鸣以前，温顺的女人接受着憎恨的丈夫的宠爱，嘴唇都被咬得要出血了。

甘默当性欲满足了以后，就上到二层楼上，不久，当他的鼾声把芦苇风屏震动的时候——她就一声不响的起来，好似看不见的黑影一般，经过葡萄园去到水渠上，仔仔细细的由嘴唇上，颊上，乳上，将丈夫拥抱的痕迹由全身上洗了下去。

把薄小衫往那用清水新爽了的，复活了的身上一披，就向破墙头跑去了。

她两三小时无恐惧，无疑惑的同俄国的，强壮的，羞答答的，温柔的士兵饮着自己的深夜的幸福。他给她微语着那些不明白的动情的蜜语，好像她给他微语的那些一般。

当第三夜完了以后，美丽亚回来的时候，宰拉睡醒了，到园子去上茅房。

她看见一个黑影在树间轻轻的移动着。

初上来把她骇了一跳——是不是恶鬼在园中游魂，等着拉她到地狱去呢，——可是，即刻她就辨清了是美丽亚。

摇了摇头，回到房里，又盖起被子睡了。

次晨就把昨夜的奇遇告诉了甘默。

不是因为妒嫉。她爱情而且怜悯美丽亚，可是，——不成规矩。良家的女子夜里不应当不知去向的在园里走。

甘默的血涌上了心头，把眉头一皱，说道：

“别作声！……”

第四夜又到了。

甘默照例的上到二层楼上，美丽亚起来了。

甘默静悄悄由二层楼上下来，跟在她后边，爬过了葡萄园。

看着美丽亚如何的在水渠里洗身子，如何走到破墙头跟前，如何的消失在那里。

他爬到墙跟前，由破墙头上望着。

心血涌到头上来，腿也抖颤了。恶恨恨的抽出刀子，但即时想到同老总干是危险的。老总一定有手枪，当甘默还没走到倒戈的老婆跟前的时候，老总会早用手枪把他打死了呢。

用牙齿咬着围墙的干土，顺着嘴唇流着白沫。但不作声的冷结在气疯的紧张的注意中。

他看见美丽亚如何同戴梅陀辞别，如何吻他，戴梅陀如何向镇里的街上走去，美丽亚如何的在他背后望着。

她愁眉不展的低着头，静悄悄的，轻轻的抬起赤足向回走去。

脚刚刚跳过破墙头，——甘默一声不响的扑到她跟前。

美丽亚短短的叫了一声，坚硬的手掌就盖在她嘴上了。

“你是什么妻！……去偷外教的俄国人，你这该死的畜生……你背叛了教义……按教规去处分你……明天……”

但是，美丽亚竭着猫一般的弹力，由那橡树似的手里挣脱出来。

她的气成疯狂的眼睛，白斑似的在黑暗里乱闪着。

“鬼东西！……坏东西！……杂种，你这顶坏的东西！……我憎恨你，……你这该咒的，我憎恨你！……我爱兵士！……趁我还没把你打死的时候——你把我打死吧……”

甘默惊骇的战栗着。他第一次听见女人口里说出这些话。无论他自己，无论他的父亲，无论他父亲的父亲，从来都没有听过这样话。他觉得脚下的地都漂浮起来了。

他不知所措的环顾了一下，望见旁边一根搭葡萄架的带刺的长棍子。把棍子由地下往外一拔，用力一挥，打到女人的腰里。

美丽亚倒了，那时甘默牛一般的吼着，挥起棍子，不紧不慢的到她身上排着。

她初上去呻吟着，后来就不作声了。

甘默掷了棍子，弯下腰向着那不动一动的身子。

“够了吗，狗东西？”

但是可怜的缩成一团的身子，突然伸直了，翻了一翻身，甘默即觉到左脚跟上边的筋好似刀割一般，难忍的楚痛，美丽亚的牙齿竭着疯狂的力气在那里咬了一口。

那时他痛得呵哈了一声，由腰里抽出刀子照美丽亚的乳下边刺进去。血窜到他手上，身子抖颤着，脚乱踢着。

呻吟了一声就寂无声息了。

甘默用衣襟把刀子拭了拭。

“躺着吧，畜生！……明天我把你拉到谷里去叫狗吃你！……”

他在死尸上踢了一脚，跛行着回去了。

彩霞已经在齐山上的宵夜的碧蓝的地毡上织成了轻微的绿花。岩石分外的发着黑色，河流声渐渐的低了下去。

营房门口的快活的守卫的背着马枪，低声的动人的唱着关于青春，关于斗争，关于农民的歌。

唱着，在门口来回的走着。一点钟以前戴梅陀愉快的迷昏的去幽会回来。在门口同守卫的谈了一会，把自己的幸福给他分了一点。把守卫的撩的愁不得，喜不得。

他打着呵欠，用手摸了摸门口的木柱子，又走向靠镇的那一面，但突然的站了起来，向前伸着身子，忙快的端起枪来。

望见在对面的围墙下爬着一个什么东西。

围墙在背影的，很黑，但仿佛有一个什么灰色的斑点向他蠕动着。

“谁在走的？”

枪机搬的响着。

寂静……沈重的，潮湿的，晨曦以前的寂静。

“谁在走的？”守卫的声音抖颤了一下。寂静。但守卫的已经显然的望见在墙跟前徐徐的，低低的爬着……不像狗也不像人，一个四不像的东西在墙跟蠕动着。

“站住！我要开枪的！”守卫的喊着。急忙的在昏暗中用枪的标星向斑点瞄着准。

他的手指已经放到搬钩上去的时候，微风由墙跟前送来一声清亮的呻吟。

他放下马枪。

“这是什么家伙，他妈的？……仿佛在哼的？……”

他小心的照墙跟前走去，走到跟前，辨清了一个人身子的轮廓，半坐着靠着围墙。

“这是谁？”

没有回答。

守卫的弯下腰，就看见好像用粉笔涂了的白脸，带着凹陷的眼睛，由割破了的，由肩上脱下的小衫里，望见流着什么黑色的，小小的女人的乳头。

“女人！……你这家伙！……怎么的！……”

他直起腰来。

空气中激动着啸子的颤音。

营房里的人们都乱动着，说着话，点着灯，红军士兵们都只穿一条衬裤，不穿布衫跑了出去，但都带着枪和子弹匣。

“什么？……为什么打啸子？……在那里？……谁？……”

“排长同志，到这里来。这里有个死女人……”

排长向围墙跟前跑过去，但戴梅陀已经飞到他前边去，跑到跟前，望着，紧紧握的着拳头……

“用刀子戳了她，鬼东西，”低声的，气愤愤的对排长说。

“这是谁？她是谁家的女人？”

“我的，排长同志！就是我爱的那一个。”

排长向墙跟前的死白的脸上看了一眼，把眼光转移到戴梅陀的紧硬的脸上。

在那经过欧洲大战的和经过国内战争的排长的嘴上，抖颤着怜惜的褶纹。

“呵！……都站着干吗呢？……把她抬到营房去。或者还活着的……可惜医生没有在，去领药品去了……好吧，——政治指导员会医道的。架起来！”

那些惯于拿枪的铁手，好像拿羽毛似的把美丽亚抱了起来。

到营房里，把她放在排长的床上。

“请快跑去请指导员去！告诉他说伤了人，要裹伤的！”

三个人就即刻跑去找指导员去了。

“弟兄们，都走开，别挤到这里……空气要多一点的！……呵哈，鬼东西！”排长说着，弯下腰，把煤油灯照到美丽亚身上，把布衫拉的将乳头盖起来。

"戳的多利害！"他望着由右乳下边一直穿到锁骨上的很深的刀伤："差一点没有穿到奶头上。"

"死不了吧，排长同志?"戴梅陀抖颤的问道。

"为什么死呢?……别说丧气话！死是不会死，得受一点苦。你作的好事。将来希同志约束我们，恐怕要比他的鹌鹑还严呢。"

戴梅陀好像扇风箱似的长叹了一口气。

"怎么呢，你爱她吗?"

"怎么呢，排长同志?我不是儿戏的，不是强迫的，我第一次看见她的时候，看她很受那鬼东西的虐待，受那大肚子的折磨，我心里很过不去。这么小的，这么好的，简直是小雀子装在笼子里。我很可怜她，我待她也就好像老婆一样，虽然我不明白她说的话，她也不明白我说的……"

"在那里?谁受伤了，什么女人?"指导员走来问着。"闹什么玩意呢?"

"不，不是闹玩意，可以说是一件奇事。因为你懂得医道，因为医生没在营里，所以我着人把你请来。帮她一点忙吧！不然戴梅陀会心痛死了呢！"排长用目向戴梅陀指示了一下。

"完全是小姑娘的！"指导员说着，向美丽亚弯着腰。

"弟兄们，拿点水来，最好是开过的，拿两条手巾和针来……呵，快一点……”

“怎么一回事？这里发生什么事情了？”

这已经是被一个红军士兵惊醒的连长希同志说的话。

排长把身子一挺，行着举手礼。

“官长同志，报告……”

希同志不作声的听着报告，怒视着排长，用手指捻着胡子，平心静气的说：

“戴梅陀因无连长允许，擅自外出，拘留五日。你，鲁肯同志，因排内放荡和不善于约束部下，着记过一次。”

后来希连长转过身向门口走去了。

“连长同志！”指导员喊道。“对女人怎么办呢？”

连长转过身来，沈思了一下。

“伤裹一裹，送到医院去。早晨到我那里去。关于一切都得商量一下的。你晓得这会闹出什么事情呢？不痛快的事情已经不少了。充军似的生活就这样也够过了。”

早晨就闹得满城风雨了。

红军士兵们在集市上都谈着昨夜所发生的事件。

居民们都摇着头，哭丧着脸，到清真寺去了。

快到正午的时候，慕拉由寺里出来，前后左右都被人民包围着到茶社去了。

希连长和政治指导员由早晨起都在茶社里坐着。

指导员好久的，激烈的给希连长说不能够把美丽亚交给丈夫去。

“希同志！这是反对我们的一切宗旨的，反对共产主义伦理的。要是女人甘心离开丈夫，要是她爱上别的人，我们的义务就是要保护她，尤其是在此地。把她交回本丈夫——这就是送她到死地去。他不过是再把她割一割而已。你把这件事放到心上想一想没有？”

“我知道……可是你晓得，要是我们不放她，——怕周围一二百里的居民都要激动起来的吧？你晓得这将来会闹到什么地步呢？那时怕要把我们都要赶走的。你晓得什么叫做东方政策？”

“你听着，希同志。我担这责任。党有什么处分的时候我承当，但是要把女人往刀子下边送，我是不能的。并且今天我同戴梅陀谈过话的。他是很好的人，这回事并不是随随便便的闹玩笑，也不是闷不过的时候想开心。他爱她……”

“他不会说一句这里的土话，女的不会说俄国语，他怎么能会爱上她呢？”

指导员笑了一声。

“呵，爱是用不着说话的！”

“他将来对她怎么办呢？”

“他请求把她派到塔城去。我允许给他有法子办，着妇女部照管她，把她安插到学校寄舍里，教她俄文。

至于戴梅陀的兵役期限马上就期满了，他说他要娶她，因为他说他很爱她。”

“奇事！你办着看吧！不管你！我却不负一切的责任。”

“连长同志！慕拉要来见连长的，”值日的进来说。

“呵！……来了。现在你可去同他周旋吧！”连长说。

“我去对付他！……不是头一次了……叫他进来。”指导员说着，到长着乱蓬蓬的头发的后脑上搔着。

慕拉庄重的进来，捻了一下胡须，鞠了一躬。

“日安。你是连长吗？”

“同他讲吧。”连长答着，用手指指着指导员。

“你，同志，把女人交出来！”

指导员坐到凳子上，脊背靠着墙，带着讽刺的神气望着慕拉的眼睛。

“为什么交出来？”

“教法是如此的，教主说……妻是丈夫的……丈夫是主人。丈夫是教民——妻是教民。你手下的老总作的很不好，夺人家的有夫之妻。唉，不好！你们这布尔塞维克——知道我们教民的法规吗？法规存在呢。”

“我们怎么呢，没有法规吗？”指导员问道。

“为什么这样呢？……我们是我们的法规——布尔塞维克是布尔塞维克的法规。你有你们的，我有我们的。

把女人交出来。”

“可是，你是住在那一国呢，——住在苏维埃国呢，或是什么别的国呢？或是苏维埃的法律对你不是必然的呢？”

“苏维埃的法规是俄国的，我们的教主就是法规。我们的法规存在呢。”

“怎么呢，这是按着你们的教法，夜间好像宰羊一般来杀妻吗？”

“为什么宰羊？……妻对丈夫变节了……丈夫可以杀她。教主说的。”

“别提你的教主吧。我告诉你，慕拉！女人爱我们的红军士兵。这是她自己说的。我们苏维埃有这样的法律——女人爱谁就同谁住。谁也不能强迫她去同不爱的人住。我们不能把女人交出来，我们要派他到塔城去的。这是我最后的话。你可以不要再来吧。”

“你得罪了居民……居民要震怒的！人民要去当巴斯马其的。”

指导员要开口去回答，但希连长把话打断了。

当慕拉回答那句话的时候，他已经忘了他说他不干与这件事情了。他的筋肉都收缩起来，走到慕拉紧跟前，带着不可侵犯的严威，一字一板的说道：

“你这是干吗呢……拿巴斯马其来骇我吗？我告诉你。要是这镇里有一个人去当巴斯马其的时候，我认为这是你把他们煽动起来的。那时没有多余的话。不管你什么慕拉不慕拉——就枪决你，你回去告诉一切的人，别教拿这话来骇我。要是有一个人敢用指头弹一弹我的士兵的时候，我把全镇上洗得寸草不留。开差吧！”

慕拉走了。希连长气愤愤的在室内来回踱着。指导员哈哈大笑起来。

“怎么，沈不住气了吗？”

“同这些鬼东西真难缠。在此地作工作真是难。真是反动，顽固。一切的将军，大元帅，协约国，就是连那些土豪都被我们打得落花流水，可是这些呢？……我们还得听从他，得受他们的摆布……真讨厌得很。”

“是的，很得一些工作做呢。要想打破他们的旧观念，迷信，此地得数十年的工作做呢。现在耳朵很得要放机警一点呢。”

戴梅陀在小屋里五天已经坐满了，那里发着牛粪和灰尘气。

经第六天就把他释放了。

洗了洗手脸，清了清身上，就去到连长那里。

“连长同志！请让我去看一看美丽亚！”

连长笑了一声。

“你爱她吗？……”

“大概，是这样。”戴梅陀羞惭惭的笑着。

“呵，去吧！可是夜间别再出去逛，不然就把你交到军法处里去!”

戴梅陀到营里的军医院去了。

由塔城回来的医生坐在门限上。

“医生同志!我要看一看美丽亚。连长允许了的。”

“你想她了吗,武士?去吧,去吧,她问过你的。”

戴梅陀心神不安的跨过门限,站着。

美丽亚坐在被窝里,憔瘦,纤弱,面无血色。她的睫毛抖颤了一下,好像蝴蝶翅膀一般展开来,眼睛放着炽热的光辉,她拉着戴梅陀的强壮的手。

“戴梅陀……爱……”

戴梅陀不好意思的走到被窝跟前,双膝跪着,头倒在被子上。

美丽亚静静的手指抚摩着他的头发,低语了几个温存的字。

戴梅陀不知如何好,欢喜的热泪在他那砖头似的颊上滚着。

美丽亚恢复康健了,已经出来在医院的小院里晒太阳的。

戴梅陀每天来到医院里,他到山谷里摘些野花,结成花球给她送来。

他带了一位红军士兵克尔格支人吴芝白同他一块来,藉着他的帮助同美丽亚谈了些话。

她很愿意到塔城去，很愿同戴梅陀回到他的故乡去。

她的眼睛一天天的愉快起来，笑声也一天天的高起来。

全骑兵连好似都带上了这爱史的标记，士兵们都心不在肝的带着幻想的神情逍遥着，相互间谈论着罗漫的奇遇。

甘默依旧的坐在自己铺子里，严肃的，沈默的，一切都放在心里，全不介意那邻人的私语。

礼拜日的晚上，美丽亚把戴梅陀送到营房门口又回到医院里。

炎热的，沈闷的，恼人的苦夜袭来了。黑云在齐山脊上蠕动着，打着电闪。隆隆的春雷也响起来了。

到夜半的时候，美丽亚睡醒了，室内闷得很，发着药气。她想呼吸点新鲜空气。

她静悄悄的起了床，出来跨过了在门口睡着了的医生，走过了院子。

新鲜的凉风扬着微尘，爽快的吹着那炽热的身子。

美丽亚出了大门，凭依着围墙瞻望着那对她最末一次的远山。明天她就要到很远的塔城去的，由那里要同戴梅陀到更远的地方去的。

电打闪得更其频繁了，温和的雷声慢慢的在山坡上滚着。

美丽亚深深的呼吸了一口气，想回到室内去，但即刻有一个什么东西塞住了她的口，窄窄的刀子在空中一闪，刺到她的咽喉里。

胸部窒息了，血好似黑浪一般在咽喉里呼噜着，她由围墙上滚到灰尘里。

橙色的环圈在她眼前浮动着，忽然间：地，天，围墙，树木——立时都开放着眩惑人目的鲜红的星花，好像她第一次看见戴梅陀的那夜一般，不过星花更觉得分外的美丽，分外的灿烂。

后来黑暗好似急流一般的涌来。

被她的鼻息声惊醒的医生飞奔到门口，惊起了骚乱。

士兵们都跑来了，希连长也来了。

美丽亚已经用不着救助了。

刀子穿过了颈脖，达到脊椎骨上。

希连长即时就吩咐了一切。

侦缉队即刻飞奔到甘默和慕拉家里去。

慕拉带来了。甘默无踪迹……

妻们说昨晚美丽亚的父亲去见甘默，他们披好了马，夜间出去了。

随后回来骑上马，打得飞快的就跑走了，向那去了——不晓得。

慕拉被释放了。

第二天把美丽亚葬到镇外的附近。

戴梅陀憔悴了，面色苍白了，走起路来好像失了魂一般。

当黄土冢在她身上凸起的时候，他挺起身子，咬着牙，默然的用拳头向深山那方面威吓着。

过一礼拜在安格林沟里发现了巴斯马其。

骑兵连往山里派了侦探。一队骑探向南去，一队向东去。

第二队骑探里有郭万秋，戴梅陀，吴芝白，此外还有两个人。

他们沿着那两旁开得火一般的罂粟花夹着的山径走了三十哩，没遇见敌人，于是就在苏村一位相识的在教的家里宿了夜。

早晨由原路向回走去了。

到安格林的下坡上得排成一条线走。

马在小圆石路上谨慎小心的走着，喘着气，滑的打着踣脚。

吴芝白懒洋洋的在马鞍上一摇三幌的摇着，哼着克尔格支的悲歌。

戴梅陀在马上无精打采的垂着头，当马打踣脚的时候，两次都几乎跌下马来。

“戴梅陀，醒一醒吧!”郭万秋喊道。

戴梅陀只挥了一挥手。

在安格林沟对面，在山径旁绿灰色的花刚岩上，很高的太阳射着小小的反光的环圈，环圈移动着，抖颤着，对准着戴梅陀的马。

当马走到了摇动的桥上的时候，反光的小小的环圈在刹那间蔽起了一层蓝蓝的薄膜。

一声宏亮的枪声在满山上滚着。

戴梅陀伸手向脖子里，失了缰绳，由马鞍上跌下来落到桥板上。两只腿在狂暴的安格林的山水上悬挂着。

但吴芝白把缰绳一勒，一步跨上前去，由鞍上把手一伸，把他由桥边上拉了过来。

转过身来，向郭万秋喊道：

“把马打开！”

吴芝白把马鞭一扬，马好像雀子一般飞过了桥，但即时第二声枪声又响了，马头跌到碎石上，吴芝白缩成一团滚到一边去。

郭万秋飞驰到前边去，紧紧的握着马刀。

他看见一个人带着步枪，穿着条子布长衫，由石头后边出来向悬岩上奔去。

马喘着气向山上跑着。

“赶上赶不上呢？”郭万秋心里想着，很很的把马刺一蹬。

马飞开了。

那人与郭万秋中间的距离突然缩得比那人到岩跟前的距离小起来。

那人知道是跑不脱了，转过身来，端起枪。

郭万秋把身子一闪。

拍……子弹由身边飞过去。

马把身子一缩，两跃就追到那人跟前。

郭万秋即时就认清了那肥胖的，油光的，面熟的脸，认清了他的黑胡子。

甘默手忙脚乱的拉着枪拴。

但还没有来得及二次端起枪的时候，郭万秋已经完全到他跟前了。

郭万秋向前把身子一欠，马刀向上一挥，喊道：

“领受吧！……为着戴梅陀！……为着美丽亚！……”

甘默的头应着这在空气中激出啸声的马刀落了下去。

……………………………………………………

把枪上的皮带拿来挽结到两匹马的中间，把戴梅陀放上去，运到雅得仁镇上。

晚上回到镇上，郭万秋就去报告了希连长。

“真能干！”连长说。

将肺打穿了的，人事不省的戴梅陀，在第二天早上就用马车送往塔城军医院里去了。

帖木儿的故土真是严峻而坚固呵。

耸入云霄的山巅的积雪，万代千秋都不溶消，黑沙漠里的荒沙，万代千秋都呼吸着不当心的旅人的灼热的死。

岩石万代千秋都躺在山径上，下边奔放着山水的急流。

帖木儿国度的人民好像岩石似的——不动，坚固。

在他们的眼睛里，就是死了以后也是石头一般，莫测的隐密。

仿佛三千年以前似的，红石的齐水的河床上，兀立着低矮的茶社，闪着绿色光辉的大齐山双峰上的彩霞，照着那万代千秋的黄土。

仿佛三千年以前似的，那带着黑绿胡须的茶社主人石马梅，早晨裹着破袍子，抵当那阵阵吹来的冰冷的寒风。

只有那山谷里的花园，到第六年春天的时候，开着灿烂的，鲜红的星花，只有那山谷里的花园，到第六年春天的时候，扩张，放大，盖括了山岩与巨石。

在那用四方万国的人民的枯骨——由亚力山大的铁军到史可伯列夫的亚普舍伦半岛的健儿——培养成的沃壤上，灿烂的星花开得更其壮美而胜利。

拉拉的利益

V·英培尔　作

升降机是有了年纪了，寂寞地在他的铁栅栏后面。因为不停的上上落落，他就成了坏脾气，一关门，便愤懑地轧响，一面下降，一面微呻着好像一匹受伤的狼。他常常不大听指挥，挂在楼的半中腰，不高兴地看着爬上扶梯去的过客。

升降机的司机人是雅各·密忒罗辛，十一岁，一个不知道父母的孩子。他在街路上，被门丁看中了意，便留下他管升降机了。照住宅管理部的命令，是不准雅各·密忒罗辛给谁独自升降的；但他就自己来给过客上下，并且照章收取五个戈贝克。

当漫漫的长夜中，外面怒吼着大风雨的时候，雅各·密忒罗辛还是管住了他对于升降机的职务，等候那些出去看戏或是访友的人们，一面想想世事。他想想世事，想想自己的破烂的皮长靴，也想想将他当作儿子的门丁密忒罗方·亚夫达支，无缘无故的打得他这么厉害，还有，如果能够拾到一枝铅笔，来用用功，那就好极了。他常常再三观察那升降机的构造，内部，有垫的椅子和开关的捺扣。尤其是红的一颗：只要将这用力一按，飞快的升降机也立刻停止了。这是非常有趣的事情！

晚上，大人们看戏去了，或者在家里邀客喝茶的时候，便有全寓里的不知那里的小头巾和小羊皮帽[①]到雅各·密忒罗辛这里来闲谈，是的，有时还夹着一个绒布小头巾，六岁的，名字叫拉拉。拉拉的母亲胖得像一个装满的衣包，很不高兴这交际，说道：

“拉拉，那东西可实实在在是没爹娘的小子呵，指指你的鼻子！他真会偷东西，真会杀人的呢，不要舐指头！你竟没有别的朋友了么？”

如果雅各·密忒罗辛听到了这等话，他就勃然愤怒起来，然而不开口。

拉拉的保姆是一位上流的老太太，所以对于这交际也更加不高兴：

“小拉拉，莫去理他罢，再也莫去睬他了！你找到了怎样的好货了呀：一个管升降机的小厮，你爹爹却是有着满绷软皮的写字桌的，你自己也是每天喝可可茶的。呸，这样的一个宝贝！这也配和你做朋友么？”

---

① 指女孩和男孩——译者。

但这花蕾一般娇嫩的，圆圆的小拉拉，却已经习惯，总要设法去接近雅各·密忒罗辛去，向他微笑了。

有一天，在升降机的门的下边，平时贴这公寓里的一切布告的处所，有了这样的新布告：

“这屋子里的所有孩子们，请在明天三点钟，全到楼下堆着羊皮的地方去。要提出紧要议案。入场无费。邻家的人，则收入场费胡椒糖饼两个。”

下面是没有署名的。

第一个留心到这布告的，是拉拉的母亲。她先戴了眼镜看，接着又除了眼镜看，于是立刻叫那住在二层楼的房屋管理员。来的是房屋管理员的副手。

“你以为怎么样，波拉第斯同志？”拉拉的母亲说。“你怎么能这样的事也不管的？”她用戴手套的手去点着那布告。“有人在这里教坏我们的孩子，你却一声也不响。你为什么一声不响的呀？我们的拉拉是一定不会去的，不要紧。不过照道理讲起来？”

波拉第斯同志走近去一看，就哼着鼻子，回答道：

“我看这里面也并没有什么出奇的事情，太太。孩子们原是有着组织起来，拥护他们的本行利益的权利的。”

拉拉的母亲激昂得口吃了，切着齿说：

“什么叫利益，他们鼻涕还没有干呢。我很知道，这是十八号屋子里的由拉写的。他是一个什么科长的儿子罢。”

科长绥垒史诺夫，是一个脾气不好的生着肾脏病的汉子，向布告瞥了一眼，自己想：

“我认识的，是由拉的笔迹。我真不知道他会成怎样的人物哩。也许是毕勒苏特斯基[①]之类的泼皮罢。”

孩子们都好像并没有留心到这布告的样子。只是楼梯上面，特别增多了小小的足踪，在邻近的铺子里，胡椒糖饼的需要也骤然增高，非派人到仓库里去取新的货色不可了。

这夜是安静地过去了。但到早上，就热闹了起来。

首先来了送牛奶的女人，还说外面是大风雪，眼前也看不见手，她系自己的马，几乎系的不是头，倒是尾巴，所以牛奶就要涨价一戈贝克了。屋子里面都弥满了暴风雨一般的心境。但绥垒史诺夫却将他那午膳放在皮夹里，仍旧去办公，拉拉的母亲是为了调查送牛奶的纠葛，到拉槟那里去了。

孩子们坐在自己的房里，非常地沈静。

到六点钟，当大多数的父母都因为办公，风雪，中餐而疲倦了，躺着休息，将他们的无力的手埋在《真

---

① Kosef Pilsudski，欧洲大战时，助德国与俄国战，占领波兰，后为其共和国的总统，又为总理兼陆军总长，常掌握国内的实权，准备与苏联开战的独裁者。——译者。

理》和《思想》[①] 里的时候，小小的影子就溜到楼下，的确像是跑向那堆着羊皮的处所去了。

拉拉的母亲到拉槟那里去列了席，才知道牛奶果然涨价，牛酪是简直买不到，一个钟头以后，她也躺在长椅子上的一大堆华贵的，有些是汽车轮子一般大，有些是茶杯托子一般大的圆垫子中间了。保姆跑到厨房去，和洗衣女人讨论着究竟有没有上帝。

这时忽然房门响了一声。

拉拉的母亲跳了起来，知道她的女儿爱莱娜·伊戈罗夫那·安敦诺华已经不在了。

拉拉的母亲抛开一切，冲着对面的房门大叫起来。科长绥垒史诺夫自己来开门了，手里拿着一个汤婆子。

“我们的拉拉不见了，你家的由拉一定也是的罢，”拉拉的母亲说。“他们在扶梯下面开会哩，什么本行的利益，一句话，就是发死昏。”

科长绥垒史诺夫不高兴地答道：

“我们的由拉也不在家。一定也在那里的。我还觉得他也许是发起人呢。我就去穿外套去。”

两个人一同走下了扶梯。升降机就发出老弱的呻吟声，从七层楼上落下去了。雅各·密忒罗辛一看见坐客，便将停机闩一按，止住了升降机，一面冷冷地说：

① Pravda 与 Isvestia，都是俄国著名的日报——译者。

“对不起。”

正在这时候，下面的堆着羊皮和冬眠中的马路撒水车用的水管的屋子里，也聚集了很多的孩子们，多得令人不能喘气。发出薄荷的气味，像在药铺子里似的。

由拉站在一把旧椅子上，在作开会的准备。中立的代理主席维克多尔，一个十二岁的孩子，不息的跑到他这里来听命令。

“由拉，隔壁的姑娘抱着婴孩来了，那婴孩可以将自己的发言委托她么，还是不行呢？”

这时候，那婴儿却自己来发言了，几乎震聋了大家的耳朵。

“同志们，”由拉竭力发出比他更大的声音，说，“同志们，大家要知道，可以发言的，以能够独自走路的为限。除此以外，都不应该发言。发言也不能托别人代理。要演说的人，请来登记罢。我们没有多工夫。议案是：新选双亲。”

拉拉，她青白了脸，睁着发光的眼睛，冲到维克多尔跟前，轻轻的说道：

“请，也给我写上。我有话要说。你写罢：五层楼的拉拉。”

“关于什么问题呀，同志，你想发表的是？”

“关于温暖的短裤，已经穿不来的，穿旧了的短裤的问题。也还有许多别的。”

由拉用胡椒糖饼敲着窗沿，开口道：

“同志们，我要说几句话。一切人们——金属工人，商人，连那擦皮靴的——都有防备榨取的他们的团体。但我们孩子们却没有设立这样的东西。各人都被那双亲，母亲呀，父亲呀，尤其是如果他是生着肾脏病的，随意开玩笑。这样下去，是不行的。我提议要提出要求，并且做一个适应时代的口号。谁赞成，谁反对，谁不发言呢？”

“雅各·密忒罗辛登记在这里了，”维克多尔报告说，“关于不许再打嘴巴的问题。但他本人没有到。”

由拉诚恳地皱了眉头，说道：

“当然的。他没有闲空。这就是说，他是在做一种重要的事情。他的提议是成立的。”

会议像暴风雨一般开下去了。许多是了不得的难问题，使谁也不能缄默。有人说，大人们太过分，至于禁止孩子们在公寓的通路上游戏，这是应该积极对付的。也有人说，在积水洼里洗洗长靴，是应该无条件地承认的，而且还有种种别的事。

孩子气的利益的拥护，这才开始在行业的基础上建立起来了。

升降机在第三层和第四层楼之间，挂了一点半钟。拉拉的母亲暴怒着去打门也无用，科长按着他那生病的肾脏也无用。雅各·密忒罗辛回覆大家，只说升降机的内部出了毛病，他也没有法子办：它挂着——后来会自己活动的罢。

到得拉拉的母亲因为焦躁和久待，弄得半死，好容易才回到自己的圆垫子上的时候，却看见拉拉已经坐在她父亲的写字桌前了。她拿一枝粗的蓝铅笔，在一大张纸上，用花字写着会上议决的口号：

“孩子们，选择你们的双亲，要小心呀！”

拉拉的母亲吓得脸色变成青黄了。

第二天，由保姆来交给她一封信。她看见肮脏的信封里装着一点圆东西，便觉得奇怪了。她拆开信。里面却有一个大的，肮脏的五戈贝克钱。纸片上写的是：

“太太，我将升降机的钱送还你。这是应该的。我是特地将你们在升降机里关了这许多时光的，为的是给你的女儿拉拉可以发表关于她的一切的利益。

给不会写字的雅各·密忒罗辛代笔

由拉·绥垒史诺夫。”

“物　事”

V·凯泰耶夫　作

在一种情热的双恋的导力之下，乔治和赛加已在五月间结婚了。那时天气是明媚的。不耐烦地听完那结婚登记员的简短的颂词后，这对新婚的年青的夫妇就走出礼堂，到了街上。

“我们此刻到那里去呢？”瘦弱的，凹胸的，沈静的乔治问道，一面斜视着赛加。

她，高大的，美丽的，而且和火一样情热的，将自己挨近他的身旁，那缠在她头发上的一枝紫丁香花轻触他的鼻子，同时又张大她的鼻孔，情热地耳语着：

“到商品陈列所去。买物事去。还有什么别的地方去呢？”

“你说去买我们的家具么？”她丈夫说，一面乏味地笑着，又整一整他头上的帽子，当他们俩开步走的时候。

一阵饱和尘埃的风掠过商品陈列所。淡色的披巾，在干燥的空气中在货摊上面浮动，尖声的留声机，在一切乐器场中交相演唱。太阳照射着风中摆动的挂着的镜子。各种各样的迷人的器具和极端美丽的物品，围绕着这对年青的夫妇。

赛加的两颊起了一阵红晕；她的前额变得很湿了；那枝紫丁香花从她的蓬发上跌了下来，而她的两眼也变得大而圆了。她用火热的手抓住乔治的臂膊，紧咬着她那颤抖的薄薄的嘴唇，拖着他在所内到处漫步。

"先买凫绒被呀，"她喘不出气地说，"先买凫绒被！"……

被货摊的主人的尖声震聋了耳朵的他们，匆促地买了两条凑缀成功的正方的被，重而厚，太阔，但不够长。一条是鲜艳的砖红色的，另一条是黯淡的微紫的。

"现在来买拖鞋罢，"她密语着，她的温热的气息吹满她丈夫的面庞——"衬着红里子的，而且印着字母的，使别人不能偷去。"

他们买了拖鞋，两双，女的和男的，衬着大红的里子而且有字的。赛加的眼睛几乎变成闪亮的了。

"毛巾！……绣着小雄鸡的……"当她将自己的滚热的头靠在她丈夫的肩上时，她几乎是呻吟着了。他们买好绣着小雄鸡的毛巾之后，又买了四条毯子，一只闹钟，一块斜纹布料，一面镜子，一条印有虎像的小毯子，两把用黄铜钉的漂亮的椅子，还有几团毛线。

他们还想买一张饰有大镍球的卧床，以及许多别的东西，可是钱不够了。他们重负而归。乔治背着两把椅子，同时又将卷着的凫绒被用下巴钩住。他的濡湿的头发，粘在他白白的前额上，瘦削的，红润的两颊，罩满了汗水。在他的眼下，见有一些蓝紫色的阴影。他的半开着的嘴巴，露出不健全的牙齿，他要流下涎沫来了。

回到凄冷的寓所时，他得救似的抛下他的帽子，同时咳嗽着。她将物件抛在他的单人床上，向房内审视一下，而且因了少女的娇羞的感触，用她那大而红的拳头亲爱地轻轻地拍着他的胁肋。

“好了罢，不要咳得这样厉害，”她装作严紧地说，“否则，你立即就会死在肺病之下的，现在你有我在你身边……真的!”她用她的红颊在他的骨瘦如柴的肩头摩擦着。

晚上，宾客们到了，于是举行婚宴。他们带着羡慕参观这些新物事，赞美它们，拘谨地喝了两瓶白兰地，吃了一点面饼，合着小风琴的曲调跳舞了一场，不久便走散了。各样事情都是适得其宜。连邻人们对于这婚礼的严肃适度，毫不过分，也都有些诧异。

来宾散了之后，赛加和乔治又将这些物事赞美了一番，赛加很当心地用报纸罩好椅子，还将其余的物件，连凫绒被，都锁在箱子里，拖鞋放在最上层，有字母的一面向上，于是下了锁。

到了夜半，赛加在一种切念的心境中觉醒转来，唤醒她的丈夫。

“你听到么，乔治……乔治，亲爱的，”她热烈地低语着，“醒来罢！你知道么，我们刚才错了，没有买那淡黄色的凫绒被。那种淡黄色的是比较有趣得多了，我们实在应该买那一种的。这拖鞋的里子也不好；我们不曾想到……我们应该买那种衬着灰色的里子的。它们比红里子的要好得多了。还有饰着镍球的床……我们实在没有仔细地想一想。”

早晨，赶紧打发乔治去做他的工作之后，赛加慌忙跑到厨房里和邻舍们讨论大家对于她结婚的印像。为要合礼的缘故，她谈了五分钟她丈夫的该应注意的健康后，就领妇人们到她的房里，开了箱，展示那些物事。她拿出凫绒被来，于是伴着一声微微的叹息，说道：

“这是错了的，我们没有把那种淡黄色的买了来……我们没有想到买它……唉……我们没有细想。”

于是她的两眼变成圆圆的，呆钝的了。

邻人们都称赞这些物事。那些教授夫人，一个慈善的老妇，接着说：

“这一切都是很好的，但是你的丈夫似乎咳得很不好。隔壁的一切我们都可以听到，你必须当心这个，否则你要知道……”

“哦，那是没有什么的，他不会死的，”赛加用故意的粗鲁的口吻说道：“即使他死了，在他也很好，而我又可以找别个男人的。”

但忽然她的心房颤抖了一下。

“我要弄鸡给他吃。他非吃得饱饱的不可。”她对自己说。

这对夫妇好容易等到下次发薪日。但到了那时，他们立即去到商品陈列所，买了那种淡黄色的凫绒被，还有许多家内必需的物件，以及别的美丽无比的物事：一只八音钟，两张海狸皮，一只最新式的小花瓶架，衬着灰色里子的男的和女的套鞋，六码丝纱天鹅绒，一只饰着各色斑点的非常好看的石膏狗，一条羊毛披巾，一个锁键会奏音乐的淡绿色的小箱子。

他们回到家里时，赛加将物事很整齐地装在新箱子里。那会奏音乐的锁键便发出声调来。

夜里她醒了转来，将她的火热的面庞偎在她丈夫的冰冷的，发汗的前额上，一面静静地说：

“乔治！你睡着么？不要睡罢！乔治亲爱的？你听到么？……还有一种蓝色的……多么可惜呀，我们没有买它。那真是很出色的凫绒被……有些发亮的……我们当时没有想到。”……

那年仲夏，有一次赛加很快活地走进厨房里。

“我的丈夫，”她说，“快有放假的日子了。他们给每人都只有两星期，但他却有一个半月，我可以对你发誓。还有一笔津贴。我们马上就要去买那有镍球的铁床，一定的！”

“我劝你还是设法给他送到好的疗养院去，”那位年老的教授夫人含有深意地说，将一筛热气蒸腾的马铃薯放在水管下面，“否则，你知道，要来不及的。”

“他不会发生什么事情的！”赛加愤愤地回答，一面将两只手插在腰上。“我照顾他比什么疗养院都来得周到。我将炸鸡给他，使他尽量吃得饱饱的！”……

傍晚，他们同着一辆满载物事的小手车从商品陈列所回到家里。赛加跟在车后，凝视着，好像在对她的发红的脸庞映在床间的镍球上的影子发迷似的。乔治，沈重地喘着气，实在推不动了。他有一条蔚蓝色皂绒被，紧挤着他那瘦削的下巴下面的胸膛。他不断地咳嗽。一簇暗色的汗珠，凝聚在他的凹陷的鬓角上。

夜里，赛加醒了转来。热烈的，贪多的思潮不让她睡觉。

“乔治亲爱的！”她急促地耳语起来了，“还有一种灰色的……你听到没有？……真是可惜，我们没有买它……唉，它是多么漂亮呀。灰色的，那里子却不是灰色的，倒是玫瑰色的……这样一条可爱的皂绒被。”

乔治最后一次被人看见的是在晚秋的一天早晨。他笨滞地走下那条狭小的横街，他的长长的，发光的，几乎和蜡一样的鼻子，钻在他那常穿的皮短衣的领子里面。他的尖尖的两膝，凸了出来，宽大的裤子，敲拍着他多骨的两腿，他的小小的帽子挂在后脑。他的长发垂在前额上，黑而暗。

他蹒跚地走着，但很当心地回避那些积水，使不致湿了他的薄靴；一种虚弱的，愉快的，几乎是满意的微笑，浮泛在他的苍白色的唇吻上。

当他回到家里的时候，他不得不躺在床上了，而当地的那位医生也来了。赛加急忙跑到保险公司，领取病时可以挪借的款子。她只好独自去到商品陈列所，买回一条灰色的皂绒被，放进箱子里。

不多久，乔治觉得更加沈重了。初次的雪——湿的雪——出现了。天空变得朦胧而阴惨。那位教授和他夫人互相耳语，另一位医生顷刻又到了。他诊察过病人，便到厨房里用消毒肥皂洗他的手。赛加泪流满面，站在弥漫的黑烟中，他正在火炉上炸着鸡片和蒜头。

“你疯了么!”教授夫人惊骇地喊道。“你在干什么?你会害死他的。你以为他能吃鸡片和蒜头么?”

“他可以吃,”医生冷淡地说，一面将他雪白的手指上的水点抖落在面盆里，“现在他什么都可以吃。”

“鸡片对于他有什么害处呢?”赛加尖声地说，同时用袖子揩一揩她的脸。“他是不会发生什么事情的。”

到了傍晚，裹着白色的棉外衣的卫生局人员到来，将各个房间都消了毒。消毒剂的气味充溢着回廊。夜里，赛加醒了转来。一种无名的悲痛，撕破了她的心窝。

“乔治！”她急迫地耳语道。“乔治，乔治亲爱的，醒来罢！我告诉你，乔治……”

乔治没有回答。他冷了。于是她从床上跳了下来，赤着脚艰难地沿着回廊走。那时差不多三点钟了，但这地方的人没有谁能够入睡。她跑到那位教授的门口，倒下了。

“他去了！去了！”她在恐怖中惊叫着。“去了！我的天呀！他死了！乔治！唉，乔治亲爱的！”

她开始哭泣了。邻人们都从他们的门缝里向外窥视。阴惨而冷淡的天星，辉映着黑窗后面的清脆的严霜。

到了早晨，那匹爱猫走近赛加的开着的房门去，在门槛上踌躕，窥探房内，它的毛忽然耸起来了。它怒怒地，退了出去。赛加坐在房子的中央，满脸泪水，正在愤愤地对着邻人们诉说，仿佛她被侮辱了似的：

“我总向他说，把鸡片吃得饱饱的罢！他不要吃。看罢，剩那么多呀！叫我做什么用呢？而且你把我抛给谁，你恶毒的乔治呀！他已经抛了我，不愿意带我同去，而且还不肯吃我的鸡片！唉，乔治亲爱的！”

三天之后，门外停着一辆用灰色马拉曳的柩车。大门开着，一种冰冷的寒气浸透了整座的房舍。同时有一种柏树的气味。乔治被运走了。

丧宴时候，赛加异常的开心。她在未吃别种东西以前，先喝了半杯白兰地。她脸上涨得通红，她流泪了，她并且一面顿着脚，一面用一种断续的声音说道：

“唉，那儿是谁？你们全体都请进去，快乐一下罢……凡是愿意进来的……无论谁我都让他进来，除了乔治……我不许他进去！他拒绝了我的鸡片，坚决地拒绝了！”

接着她沈重地倒在那只新箱子上面了，开始在那会发乐音的锁键上碰她的头。

此后，寓中的一切都和往常一样地过去，很有秩序地，很合规矩地。赛加仍旧去做使女了。那年冬季有很多男人向她求婚，但她都拒绝了。她在期待着一个沈静的，和善的男子，而这些却都是莽撞的家伙，那是被她积聚起来的物事引诱了来的。

到了冬底，她变得颇瘦削了，同时开始穿上一件黑色的羊毛衫，这倒增加了她的美丽的姿态。在那工场中的汽车房里，有一个汽车夫名叫伊凡。他是沈静的，和善的，而且富于默想的。他为了爱着赛加的缘故，弄得非常憔悴。到了春天，她也爱他了。

那时天气是明媚的。不耐烦地听了那结婚登记员的简短的颂词后，这对年青的夫妇就走出礼堂，到了街上。

“我们此刻到那里去呢?”年青的伊凡羞涩地问，一面斜瞥着赛加。

她挨近他的身旁，用一枝太大的紫丁香花轻触着他的红耳朵，同时张大她的鼻孔，耳语道：

“到商品陈列所去！买物事去！还有什么别的地方去呢?”

于是她的眼睛忽然变得大而圆了。

后　记

札弥亚丁（Evgenii Zamiatin）生于一八八四年，是造船专家，俄国的最大的碎冰船“列宁”，就是他的劳作。在文学上，革命前就已有名，进了大家之列，当革命的内战时期，他还藉“艺术府”“文人府”的演坛为发表机关，朗读自己的作品，并且是“绥拉比翁的兄弟们”的组织者和指导者，于文学是颇为尽力的。革命前原是布尔塞维克，后遂脱离，而一切作品，也终于不脱旧智识阶级所特有的怀疑和冷笑底态度，现在已经被看作反动的作家，很少有发表作品的机会了。

《洞窟》是从米川正夫的《劳农露西亚小说集》译出的，并参用尾濑敬止的《艺术战线》里所载的译本。说的是饥饿的彼得堡一隅的居民，苦于饥寒，几乎失了思想的能力，一面变成无能的微弱的生物，一面显出原始的野蛮时代的状态来。为病妇而偷柴的男人，终于只得将毒药让给她，听她服毒，这是革命中的无能者的一点小悲剧。写法虽然好像很晦涩，但仔细一看，是极其明白的。关于十月革命开初的饥饿的作品，中国已经译过好几篇了，而这是关于“冻”的一篇好作品。

淑雪兼珂（Mihail Zoshchenko）也是最初的“绥拉比翁的兄弟们”之一员，他有一篇很短的自传，说：

我于一八九五年生在波尔泰瓦。父亲是美术家，出身贵族。一九一三年毕业古典中学，入彼得堡大学的法科，未毕业。一九一五年当了义勇军向战线去了，受了伤，还被毒瓦斯所害，心有点异样，做了参谋大尉。一九一八年，当了义勇兵，加入赤军，一九一九年以第一名成绩回籍。一九二一年从事文学了。我的处女作，于一九二一年登在“彼得堡年报”上。

但他的作品总是滑稽的居多，往往使人觉得太过于轻巧。在欧美，也有一部分爱好的人，所以译出的颇不少。这一篇《老耗子》是柔石从《俄国短篇小说杰作集》（Great Russian Short Stories）里译过来的，柴林（Leonide Zarine）原译，因为那时是在豫备《朝花旬刊》的材料，所以选着短篇中的短篇。但这也就是淑雪兼珂作品的标本，见一斑可推全豹的。

伦支（Lev Lunz）的《在沙漠上》，也出于米川正夫的《劳民露西亚小说集》，原译者还在卷末写有一段说明，如下：

在青年的“绥拉比翁的兄弟们”之中，最年少的可爱的作家莱夫·伦支，为病魔所苦者将近一年，但至一九二四年五月，终于在汉堡的病院里长逝了。享年仅二十二。当刚才跨出人生的第一步，创作方面也将自此从事于真切的工作之际，虽有丰饶的天禀，竟不遑很得秋实而去世，在俄国文学，是可以说，殊非微细的损失的。伦支是充满着光明和欢喜和活泼的力的少年，常常驱除朋友们的沈滞和忧郁和疲劳，当绝望的瞬息中，灌进力量和希望去，而振起新的勇气来的“杠杆”。别的“绥拉比翁的兄弟们”一接他的讣报，便悲泣如失同胞，是不为无故的。

性情如此的他，在文学上也力斥那旧时代俄国文学特色的沈重的忧郁的静底的倾向，而于适合现代生活基调的动底的突进态度，加以张扬。因此他埋头于研究仲马和司谛芬生，竭力要领悟那传奇底，冒险底的作风的真髓，而发见和新的时代精神的合致点。此外，则西班牙的骑士故事，法兰西的乐剧，也是他的热心研究的对象。“动”的主张者伦支，较之小说，倒在戏剧方面觉得更所加意。因为小说的本来的性质就属于“静”，而戏剧是和这相反的……

《在沙漠上》是伦支十九岁时之作，是从《旧约》的《出埃及记》里，提出和初革命后的俄国相共通的意义来，将圣书中的话和现代的话，巧施调和，用了有弹力的暗示底的文体，加以表现的。凡这些处所，我相信，都足以窥见他的不平常的才气。

然而这些话似乎不免有些偏爱，据珂刚教授说，则伦支是“在一九二一年二月的最伟大的法规制定期，登记期，兵营整理期中，逃进‘绥拉比翁的兄弟们’的自由的怀抱里去的。”那么，假使尚在，现在也决不能再是那时的伦支了。至于本篇的取材，则上半虽在《出埃及记》，而后来所用的却是《民数记》，见第二十五章，杀掉的女人就是米甸族首领苏甸的女儿哥斯比。篇末所写的神，大概便是作者所看见的俄国初革命后的精神，但我们也不要忘却这观察者是“绥拉比翁的兄弟们”中的青年，时候是革命后不多久。现今的无产作家的作品，已只是一意赞美工作，属望将来，和那色黑而多须的真的神，面目全不相像了。

《果树园》是一九一九至二十年之间所作，出处与前篇同，这里并仍录原译者的话：

斐定（Konstantin Fedin）也是“绥拉比翁的兄弟们”中之一人，是自从将短篇寄给一九二二年所举行的“文人府”的悬赏竞技，获得首选的荣冠以来，骤然出名的体面的作者。他的经历也和几乎一切的劳动作家一样，是颇富于变化的。故乡和雅各武莱夫同是萨拉妥夫（Saratov）的伏尔迦（Volga）河畔，家庭是不富裕的商家。生长于古老的果园，渔夫的小屋，纤夫的歌曲那样的诗底的环境的他，一早就表示了艺术底倾向，但那倾向，是先出现于音乐方面的。他善奏怀亚林，巧于歌唱，常常出演于各处的音乐会。他既有这样的艺术的天禀，则不适应商家的空气，正是当然的事。十四岁时（1904年），曾经典质了爱用的乐器，离了家，往彼得堡去，后来得到父亲的许可，可以上京苦学了。世界大战前，为研究语学起见，便往德国，幸有天生的音乐的才能，所以一面做着舞蹈会的怀亚林弹奏人之类，继续着他的修学。

世界大战起，斐定也受了侦探的嫌疑，被监视了。当这时候，为消遣无聊计，便学学画，或则到村市的剧场去，作为歌剧的合唱队的一员。他的生活，虽然物质底地穷蹙，但大体是藏在艺术这“象牙之塔”里，守御着实际生活的粗糙的刺戟的，但到革命后，回到俄国，却不能不立刻受火和血的洗礼了。他便成为共产党员，从事于煽动的演说，或做日报的编辑，或做执委的秘书，或自率赤军，往来于硝烟里。这对于他之为人的完成，自然有着伟大的贡献，连他自己，也称这时期为生涯中的Pathos（感奋）的。

斐定是有着纤细优美的作风的作者，在劳农俄国的作者们里，是最像艺术家的艺术家（但在这文字的最普通的意义上）。只要看他作品中最有名的《果树园》，也可以一眼便看见这特色。这篇是在“文人府”的悬赏时，列为一等的他的出山之作，描写那古老的美的传统渐就灭亡，代以粗野的新事物这一种人生永远的悲剧的。题目虽然是绝望底，而充满着像看水彩画一般的美丽明朗的色彩和绰约的抒情味（Lyricism）。加以并不令人感到矛盾缺陷，却酿出特种的调和，有力量将读者拉进那世界里面去，只这一点，就证明着作者的才能的非凡。

此外，他的作品中，有名的还有中篇《Anna Timovna》。

后二年，他又作了《都市与年》的长篇，遂被称为第一流的大匠，但至一九二八年，第二种长篇《兄弟》出版，却因为颇多对于艺术至上主义与个人主义的赞颂，又很受批评家的责难了。这一短篇，倘使作于现在，是决不至于脍炙人口的；中国亦已有靖华的译本，收在《烟袋》中，本可无需再录，但一者因为可以见苏联文学那时的情形，二则我的译本，成后又用《新兴文学全集》卷二十三中的横泽芳人译本细加参校，于字句似略有所长，便又不忍舍弃，仍旧收在这里了。

雅各武莱夫（Aleksandr Iakovlev）以一八八六年生于做漆匠的父亲的家里，本家全都是农夫，能够执笔写字的，全族中他是第一个。在宗教的氛围气中长大；而终于独立生活，旅行，入狱，进了大学。十月革命后，经过了多时的苦闷，在文学上见了救星，为“绥拉比翁的兄弟们”之一个，自传云：“俄罗斯和人类和人性，已成为我的新的宗教了。”

从他毕业于彼得堡大学这端说，是智识分子，但他的本质，却纯是农民底，宗教底的。他的艺术的基调，是博爱和良心，而认农民为人类正义和良心的保持者，且以为惟有农民，是真将全世界联结于友爱的精神的。这篇《穷苦的人们》，从《近代短篇小说集》中八住利雄的译本重译，所发挥的自然也是人们互相救助爱抚的精神，就是作者所信仰的“人性”，然而还是幻想的产物。别有一种中篇《十月》，是被称为显示着较前进的观念形态的作品的，虽然所描写的大抵是游移和后悔，没有一个铁似的革命者在内，但恐怕是因为不远于事实的缘故罢，至今还有阅读的人们。我也曾于前年译给一家书店，但至今没有印。

理定（Vladimir Lidin）是一八九四年二月三日，生于墨斯科的。七岁，入拉赛列夫斯基东方语学院；十四岁丧父，就营独立生活，到一九一一年毕业，夏秋两季，在森林中过活了几年，欧洲大战时候，由墨斯科大学毕业，赴西部战线；十月革命时是在赤军中及西伯利亚和墨斯科；后来常旅行于外国。

他的作品正式的出版，在一九一五年，因为是大学毕业的，所以是智识阶级作家，也是“同路人”，但读者颇多，算是一个较为出色的作者。这原是短篇小说集《往日的故事》中的一篇，从村田春海译本重译的。时候是十月革命后到次年三月，约半年；事情是一个犹太人因为不堪在故乡的迫害和虐杀，到墨斯科去寻正义，然而止有饥饿，待回来时，故家已经充公，自己也下了狱了。就以这人为中心，用简洁的蕴藉的文章，画出着革命俄国的最初时候的周围的生活。

原译本印在《新兴文学全集》第二十四卷里，有几个脱印的字，现在看上下文义补上了，自己不知道有无错误。另有两个×，却原来如此，大约是“示威”，“杀戮”这些字样罢，没有补。又因为希图易懂，另外加添了几个字，为译原本所无，则都用括弧作记。至于黑鸡来啄等等，乃是生了伤寒，发热时所见的幻象不是“智识阶级”作家，作品里大概不至于有这样的玩意儿的——理定在自传中说，他年青时，曾很受契诃夫的影响。

左祝黎（Efim Sosulia）生于一八九一年，是墨斯科一个小商人的儿子。他的少年时代大抵过在工业都市罗持（Lody）里。一九〇五年，因为和几个大暴动的指导者的个人的交情，被捕系狱者很长久。释放之后，想到美洲去，便学“国际的手艺”，就是学成了招牌画工和漆匠。十九岁时，他发表了最初的杰出的小说。此后便先在阿兑塞，后在列宁格勒做文艺栏的记者，通信员和编辑人。他的擅长之处，是简短的，奇特的（Groteske）散文作品。

《亚克与人性》从《新俄新小说家三十人集》（Dreissig neue Erzahler des neuen Russland）译出，原译者是荷涅克（Erwin Honig）。从表面上看起来，也是一篇“奇特的”作品，但其中充满着怀疑和失望，虽然穿上许多讽刺的衣裳，也还是一点都遮掩不过去，和确信农民的雅各武莱夫所见的“人性”，完全两样了。

听说这篇在中国已经有几种译本，是出于英文和法文的，可见西欧诸国，皆以此为作者的代表的作品。我只见过译载在《青年界》上的一篇，则与德译本很有些不同，所以我仍不将这一篇废弃。

拉甫列涅夫（Boris Lavrenev）于一八九二年生在南俄的一个小城里，家是一个半破落的家庭，虽然拮据，却还能竭力给他受很好的教育。从墨斯科大学毕业后，欧战已经开头，他便再入圣彼得堡的炮兵学校，受训练六月，上战线去了。革命后，他为铁甲车指挥官和乌克兰炮兵司令部参谋长，一九二四年退伍，住在列宁格勒，一直到现在。

他的文学活动，是一九一二年就开始的，中间为战争所阻止，直到二三年，才又盛行创作。小说制成影片，戏剧为剧场所开演，作品之被翻译者，几及十种国文；在中国有靖华译的《四十一》附《平常东西的故事》一本，在《未名丛刊》里。

这一个中篇《星花》，也是靖华所译，直接出于原文的。书叙一久被禁锢的妇女，爱一红军士兵，而终被其夫所杀害。所写的居民的风习和性质，土地的景色，士兵的朴诚，均极动人，令人非一气读完，不肯掩卷。然而和无产作者的作品，还是截然不同，看去就觉得教民和红军士兵，都一样是作品中的资材，写得一样地出色，并无偏倚。盖“同路人”者，乃是“决然的同情革命，描写革命，描写它的震撼世界的时代，描写它的社会主义建设的日子”（《四十一》卷首“作者传”中语）的，而自己究不是战斗到底的一员，所以见于笔墨，便只能偏以洗炼的技术制胜了。将这样的“同路人”的最优秀之作，和无产作家的作品对比起来，仔细一看，足令读者得益不少。

英培尔（Vera Inber）以一八九三年生于阿兑塞。九岁已经做诗；在高等女学校的时候，曾想去做女伶。卒业后，研究哲学，历史，艺术史者两年，又旅行了好几次。她最初的著作是诗集，一九一二年出版于巴黎，至二五年才始来做散文，“受了狄更斯（Dickens），吉柏龄（Kipling），缪塞（Musset），托尔斯泰，斯丹达尔（Stendhal），法兰斯·哈德（Bret Hart）等人的影响”。许多诗集之外。她还有几种小说集，少年小说，并一种自叙传的长篇小说，曰《太阳之下》，在德国已经有译本。

《拉拉的利益》也出于《新俄新小说家三十人集》中，原译者弗兰克（Elena Frank）。虽然只是一种小品，又有些失之夸张，但使新旧两代——母女与父子——相对照之处，是颇为巧妙的。

凯泰耶夫（Valentin Kataev）生于一八九七年，是一个阿兑塞的教员的儿子。一九一五年为师范学生时，已经发表了诗篇。欧洲大战起，以义勇兵赴西部战线，受伤了两回。俄国内战时，他在乌克兰，被红军及白军所拘禁者许多次。一九二二年以后，就住在墨斯科，出版了很多的小说，两部长篇，还有一种滑稽剧。

《物事》也是柔石的遗稿，出处和原译者，都与《老耗子》同。

这回所收集的资料中，“同路人”本来还有毕力涅克和绥甫林娜的作品，但因为纸数关系，都移到下一本去了。此外，有着世界的声名，而这里没有收录的，是伊凡诺夫（Vsevolod Ivanov），爱伦堡（Ilia Ehrenburg），巴培尔（Isack Babel），还有老作家如惠叠赛耶夫（V. Veresaev），普理希文（M. Prishvin）托尔斯泰（Aleksei Tolstoi）这些人。

一九三二年九月十日，编者。

图书在版编目（CIP）数据

竖琴 / 鲁迅编译. — 北京：中国国际广播出版社，2013.1
（良友文学丛书）
ISBN 978-7-5078-3525-0

Ⅰ.①竖… Ⅱ.①鲁… Ⅲ.①短篇小说－小说集－苏联 Ⅳ.①I512.45

中国版本图书馆CIP数据核字（2012）第265651号

竖 琴

编 译	鲁 迅
责任编辑	张娟平 杜春梅
版式设计	国广设计室
责任校对	徐秀英
出版发行	中国国际广播出版社（83139469 83139489[传真]）
社 址	北京复兴门外大街2号（国家广电总局内） 邮编：100866
网 址	www.chirp.com.cn
经 销	新华书店
印 刷	环球印刷（北京）有限公司
开 本	620×920 1/16
字 数	110千字
印 张	14
版 次	2013年1月 北京第一版
印 次	2013年1月 第一次印刷
书 号	ISBN 978-7-5078-3525-0/I·370
定 价	42.50元

CRI 中国国际广播出版社 欢迎关注本社新浪官方微博 官方网站 www.chirp.cn

人文阅读与收藏·良友文学丛书

(1)	鲁　迅　编译	竖　琴
(2)	何家槐　著	暧　昧
(3)	巴　金　著	雨
(4)	鲁　迅　编译	一天的工作
(5)	张天翼　著	一　年
(6)	篷　子　著	剪影集
(7)	丁　玲　著	母　亲
(8)	老　舍　著	离　婚
(9)	施蛰存　著	善女人行品
(10)	沈从文　著	记丁玲
	沈从文　著	记丁玲续集
(11)	老　舍　著	赶　集
(12)	陈　铨　著	革命的前一幕
(13)	张天翼　著	移　行
(14)	郑振铎　著	欧行日记
(15)	靳　以　著	虫　蚀
(16)	茅　盾　著	话匣子
(17)	巴　金　著	电
(18)	侍　桁　著	参差集
(19)	丰子恺　著	车箱社会
(20)	凌叔华　著	小哥儿俩
(21)	沈起予　著	残　碑
(22)	巴　金　著	雾
(23)	周作人　著	苦竹杂记　（暂缺）